本色文丛·柳鸣九　主编

山野·命运·人生

——乐黛云散文精选

乐黛云／著

海天出版社（中国·深圳）

图书在版编目（CIP）数据

山野·命运·人生：乐黛云散文精选 / 乐黛云著.
—深圳：海天出版社，2016.6
（本色文丛）
ISBN 978-7-5507-1583-7

Ⅰ.①山… Ⅱ.①乐… Ⅲ.①散文集—中国—当代
Ⅳ.①I267

中国版本图书馆CIP数据核字（2016）第057681号

山野·命运·人生
SHANYE MINGYUN RENSHENG

深圳出版发行集团
海天出版社

出品人　聂雄前
责任编辑　林星海
责任技编　蔡梅琴
装帧设计　Smart 深圳斯迈德设计 0755-83144228

出版发行　海天出版社
地　　址　深圳市彩田南路海天大厦（518033）
网　　址　www.htph.com.cn
订购电话　0755-83460293（批发）0755-83460397（邮购）
印　　刷　深圳市新联美术印刷有限公司
开　　本　787mm×1092mm　1/32
印　　张　7.5
字　　数　125千
版　　次　2016年6月第1版
印　　次　2016年6月第1次
定　　价　35.00元

　　乐黛云，1931 年出生，1952 年毕业于北京大学。

　　我国当代著名比较文学理论家、批评家、散文家，北京大学中文系现代文学与比较文学教授、博士生导师。

　　著有学术专著《比较文学原理》《比较文学与中国现代文学》《中国知识分子的形与神》《跨文化之桥》等；

　　散文随笔集《何处是归程》《清溪水，慢慢流》《透过历史的烟尘》《长天依是旧沙鸥》《漫游书海》等。

总序一

　　深圳市海天出版社似乎颇有点"散文随笔情结"，前些年，他们请季羡林先生主编了一套"当代中国散文八大家"丛书，效果甚好。于是，他们再接再厉，又策划出新的书系"世界散文八大家"。可惜此时季老先生已经仙逝，他们只好退而求其次，请柳某出面张罗。此"世界散文八大家"，召集实不易，漂洋过海，总算陆续抵岸。接着，海天出版社又策划了一套新的文丛，以现今健在的著名文化人的散文随笔为内容。大概是因为柳某与海天出版社有过愉快的合作，自己也常写点散文随笔，又身居"人杰地灵"的北京，便于"以文会友"，于是，他们又要柳某出面张罗。这便是这套书系产生的来由。

　　什么是散文随笔？前几年，一位被尊为大师的权威人士曾斩钉截铁地谓之为"写身边琐事"。我曾努力去领悟其要义，但就自己有限的文化见识，总觉得这个定义似乎不大靠谱。就"身边"而言，散文随笔的确多写与自己有关的人或事，但远离自己的人与事入文而成经典散文者实不胜枚举；就"琐事"而言，散文随笔写人写事的确讲究具体而入微，见微知著，以小见大。但以经国大业、社稷宏观、高妙艺文、深奥哲理为内容的名篇也常见于史册。不难看出，对于散文随笔而言，"题材不是问题"，任何事物皆可入散文，凡心智所能触及的范围与对象，无一不可成就散文也。故此，窃以为个人心智倒是散文的核心成分。

那么，究竟何谓散文呢？散文的基本要素究竟是什么呢？如果用定义式的语言来说，散文就是自我心智以比较坦直的方式呈现于一定的语言文学形式中。而自我心智者，或为较隽永深刻的自我知性，或为较深切真挚的自我感情。说白了，如果是思想见解，当非人云亦云，而多少要有点独特性，多少要有点嚼头与回味；如果是情感心绪，那就必须是真实的、自然的、本色的、率性的，而要少一些矫饰，少一些虚假，少一些夸张。是的，尽可能少一些，如果不能完全杜绝的话。诗歌中常有的那种提升的、强化的、扩大的感情似乎不宜入散文，还是让它得其所哉，待在诗歌里吧。

至于"一定的语言文学形式"，不外意味着两点，一是非韵文的，这是散文有别于诗歌的最明显的标志；二是要有一定的修饰技巧，一定的艺术化，这则是散文随笔不同于公文告示、法律条文、科普说明以及各种"大白话"的重要标志。

这便是我所理解的散文随笔。我在自己的学术专业之外也经常写一些散文随笔，就是按照自己以上的理解来"炮制"的。今天，我被委以主编重任，也是按照自己以上的理解来操作的。至于我在自己的散文随笔中是否完全实践了自己的理念，是否达到自己的理念，在这次主编工作中是否有不合理、不入情的要求与安排，那就很难说了。呜呼，知与行的脱节与矛盾，人的永恒悲剧也。

出版社在策划这个书系的时候，规定约稿对象为当今的文化名家。当今的文化名家种类何其多也：有在荧屏上煽情与讲道的主持人，有靠摆pose与哭功而大富特富的影视大腕，有靠搞笑与搞怪出位的演艺奇才……人人都在写散文随笔，这大有成为当今散文随笔的主旋律之势。但按我个人的理解，这里所讲的文化名家不外是两种人，即具有作家文笔的著名学者与具有学者底蕴的著名作家，这两者的所长正是我对何为散文理解中所谓的"心智"这一大成分。

由于我自己的圈子所限，第一辑的约稿对象全是上述的第一种人，即具有作家文笔的著名学者，而且基本上都是弄西学的学者或游学国外多年的学者，多散发出一点"洋味"的人。

学者写散文似乎有点"不务正业"，有点越界，侵入了文学家地盘。但对于学者来说，特别是对人文学者来说，却完全是兴之所至，是一种必然。他本来就有人文关怀、人文视角、人文感情，这种心智状态、心智功能，一触及世间万物，就莫不碰撞出火花。只要有一点舞文弄墨的兴趣、冲动与技能，自然而然就会产生出有点意思的散文随笔了。虽说舞文弄墨也是一种专门技能，需要培养与操练，但对于弄西学的人文学者来说，整天在世界文库里打滚，耳濡目染，这点技能是可以无师自通的。况且，人文学者于散文创作更有自己的优势，毕竟，他的知性是向全人类精神文化领域敞开的，他的目光是向全世界各种事物投射的。其散文随笔的题材，自是更为丰富多样，投射观察的目光自是更为开阔高远。而得益于世界各种精神文化的滋养，其可调配的颜色自是更为丰富多彩。说不定，也许我们这个时代有意思的散文随笔正是出自学者笔下呢，学者散文实不容当代文学史家忽视也……

所以，我有理由相信，这一套"本色文丛"多多少少会给文化读者带来一点不一样的感觉。

柳鸣九

2012年5月于北京

总序二

　　"本色文丛"的缘起，我已经在前序中做了说明。只不过，在受托张罗此事的当时，我只把它当作一笔"一次性的小额订单"：仅此一辑，八种书而已，并无任何后续的念头与扩展膨胀的规划。于是，就近在本学界里找了几位对散文随笔写作颇感兴趣、颇有积累的友人，组成了文丛第一辑共八种。出版后不久，我正沉浸在终结了一项劳务后的愉悦感之际，海天社出我意料地又提出了新的要求：要柳某把"本色文丛"继续搞下去，而且不排除"做到一定规模"的可能……看来，我最初的感觉没有错：海天社确有散文情结，不是系于一般散文的"情结"，而是系于"文化散文"的情结。而且，也不仅仅于此一点点"情结"，而是一种意愿，一种志趣，一种谋划，一种努力的方向，一种执着的决断。

　　果然，最近我从海天社那里得到确认，他们要在深圳这块物质财富生产的宝地上，营造出更多的郁郁葱葱的人文绿意，这是海天社近年来特别致力的目标。

　　在物欲横流、急功近利、浮躁成性、人文精神滑落、正能量价值观有时也不免被侧目不顾的社会环境中，在低俗文化、恶俗文化、恶搞文化、各种色调的（纯白的、大红色的、金黄色的）作秀文化大行于道、满天飞舞的时尚中，在书店一片倒闭声中，有一家出版社以人文文化积累为目的，颇愿下大力气，从推出"世界散文八大家"丛书再进而打造一套"本色文丛"，这种见识、这份执着、这份勇气是格外令人瞩目的。

海天出版社要的文化散文，不言而喻，即文化人的精神文化产品。关于文化人，我在前序中有过这样的理解：主要是指有作家文笔的学者与有学者底蕴的作家。如果说"本色文丛"第一辑的作者，基本上是前一种人，第二辑则基本上都是第二种人。这样，"本色文丛"总算齐备了文化散文的两种基本的作者类型，有了自己的两个主要的基石，形成了一个初步的平台。

不论这两种类别的人有哪些差别，但都是以关注社会的人文状况与人文课题为业。其不同于以经济民生、科技工艺、权谋为政、运营操作为业者，也不同于穿着文化彩色衣装而在时尚娱乐潮流中的弄潮者，也可以说，这两种人甚至是以关注人文状况与人文课题为生，以靠充当"精神苦役"（巴尔扎克语）出卖气力为生，即俗称的"爬格子者"。他们远离社会权位和财富利益的持有与分配，其存在状态中也较少地掺和着权谋与物质利益的杂质，因而其对社会、人生、人文，对自我、对人生价值也就可能有更为广泛，更为深刻，更为真挚的认知、感受与思考。

在时下这个物质功利主义张扬、人文精神滑落的时代环境中，且提供一些真实的，不掺杂土与沙子的人文感受、人文思考，为我们这个时代留下一份份真情实感的记录，留下一段段心灵原本的感受，留下一幅幅人文人生的掠影，这便是"本色文丛"所希望做到的。

柳鸣九

2014年1月于北京

总序三

存在决定本质。

本质不是先验的，不是命定的，而是创造出来的，是发展出来的，是作出来的，做出来的，是自我选择的结果，是自我突破与自我超越的结果。对于一个人的发展是如此，对于"本色文丛"何尝不是如此。

"本色文丛"已经有了三辑的历史，参加三次雅聚的已有二十四位才智之士。本着共同的写作理念，各献一册，异彩纷呈，因人而异，一道人文风景已小成气候。而创建者海天出版社则面对商品经济大潮、低俗文化、功利文化与浮躁庸俗风气的包围，仍"我自岿然不动"地守望人文，坚持不懈。合作双方相得益彰，终使"本色文丛"开始显露了自己的若干本色。最为明显的事实是，参加本"文丛"雅聚的终归就是两种人——即具有作家文笔的学者与具有学者底蕴的作家。这构成了"本色文丛"最主要的本色。以学者而言，散文本非学者的本业，对散文写作有兴趣而又长于文笔、乐于追求文采者实为数甚少；以作家而言，中国作协虽号称数十万成员，真正被读书界认为有学者底蕴、厚实学养、广博学识者，似乎寂寂寥寥。"本色文丛"所倚仗的虽有这两种人，但两者加在一起，在爬格子的行业中也不过是"小众"，形成不了一支"人马"，倒有点elites（精英）的味道了。这是中国文化昌盛、文学繁荣的正常表征，还是反映出文化、文学现状的底气不充足、精神不厚实，我一时还不好说。

实事求是地说，我个人在"本色文丛"中的"潜倾向"是更多地寄希望于"有作家文笔的学者"，这首先与我职业的限定性与人脉的局限性有关。我供职于学术研究单位，本人就是学林中的一分子，活动在学者之中较为便利，较为得心应手；而于作家界，我是游离的、脱节的，虽然我也是资深的作家协会会员，是两届作家代表大会的代表。但更为重要的是我对散文随笔的认识（或者说是"偏见"）所致，在我看来，散文随笔这个领域本来更多的是学者的、智者的、思想者的天地。君不见散文随笔的早期阶段，哪一位开拓了这片天地的大师不都是这一类的人物？英国的培根、法国的蒙田、美国的爱默生……也许，因为散文随笔的写作相对比较简易、便捷，不像小说、诗歌、戏剧那般需要较复杂的艺术构思，对于笔力雄健、下笔神速而又富有学养的作家而言，似乎只是"小菜一碟"，于是，作家中有不少人也在散文随笔方面建树甚丰，如雨果、海涅、屠格涅夫以及后来的马尔罗、萨特、加缪等。马尔罗是先有小说名著，后有散文巨著《反回忆录》；萨特与加缪，则一开始就是小说、戏剧创作与散文写作左右开弓的。不管怎样，主要致力于形象创造的作家，如果没有学者的充沛学养、丰富的学识，没有哲人、思想者的深邃，在散文随笔领域里是写不出一片灿烂风光的。

以文会友之聚的参加者是什么样的人，自然就带来什么样的文，自然就带来什么样的文气、文脉、文风、文品，甚至文种。"本色文丛"的参与者，不论是有作家文笔的学者，还是有学者底蕴的作家，其核心的特质都是智者，都是学人，都是真正意义上的文化人。而不是写家、写手，更不是出自其他行当，偶尔涉足艺文，前来舞文弄墨、附庸风雅一番的时尚达人。因而，他们带来的文集，总特具知性、总闪烁着智慧、总富含学识、总散发出一定的情趣韵味。如果要说"本色文丛"中的文有什么特色的话，我想，这大概可以算吧！对此，我不妨简称为学者散文、知性散文。我把"学者"二字作为一种散文的标记、"徽号"，并没有哄抬学者，更没有贬低作家的意图与用意。以"学者"来称呼一个作家，或强调一个作家身上的学者的一面，绝非贬低，而是尊敬。刘心武先生在他的自我简介中，干脆就把自己的学者头衔置于他的作家头衔之前，可见他对自己的学者身份的重视。我想，这是因为他从自己的"红学"研究里，深知"学"之可贵、"学"之不易。我且不说"学"对于人的修养、视野、深度、格调的重要意义，即使只对狭义的具体的写作而言，其意义、作用也是不可估量的。

学者散文的本质特征何在？其内核究竟是什么？其实，学者散文的内核就是一个"学"字，由"学"而派生出其他一系列的特质与元素。有了"学"，才有见识，才有视野，才有广度，才有大气；有了"学"，才有思想闪光，才有思想结晶，才有思想深度，才有思想力度；有了"学"，才有情趣，才有风度，才有雅致，才有韵味。从理论逻辑上来说，学者散文理当具有这些特质、优点、风致，至于实际具有量为多少，程度有多高，是因人而异的。其取决于每个人不同的经历、学历、学养、学科背景、知识结构、悟性、通感、吸收力、化解力、融合力等主观条件。

就人的阅读活动而言，不论是有意地还是无心地去读某一部、某一篇作品，总带有一定的需求与预期，总是为追求一定的愉悦感与审美乐趣才去读或者才读得下去的。如果要追求韵律之美、吟哦之乐，以及灵魂与主观精神的酣畅飞扬，那就会去找诗歌；如果要观赏社会生活的形象图景、分享人物命运际遇的悲欢苦乐，那就会去找小说与戏剧。那么，如果读的是散文随笔，那又是带着什么需要、什么预期呢？散文随笔既不能提供韵律之美、吟哦之乐，也不能提供现实画卷的赏鉴之趣，它靠什么来支付读者的阅读欣赏的需求？它形式如此简易，篇幅如此有限，空间如此狭小，看来，它只有靠灵光的一闪现、智慧的一点拨、学识的一启迪了。如果没有学识、智慧与灵光，散文随笔则味同嚼蜡矣，即使辞藻铺陈、文字华美。而学识、智慧与灵光，则本应是学者的本质特征与精神优势。因此，在散文随笔天地里，自然要寄希望于学者散文，自然要寄希望于学者写散文，自然要寄希望于多多展示弘扬学者散文了。

这便是"本色文丛"的初衷、"本色文丛"的"图谋"、"本色文丛"的宿愿，而这，在物欲横流、人文滑坡、风尚低俗、人心浮躁的现实生活里，未尝不是一股清风、一剂清醒剂。

柳鸣九

2015年9月8日于北京

目录

代序：我的选择、我的怀念

生活的道路有千百种可能，转化为现实的，却只是其中之一。转化的关键就是选择。

20世纪50年代初期，曾经有过那样辉煌的日子——到处是鲜花、阳光、青春、理想和自信！在新中国成立后第一个五四青年节，当我和一位同学抱着鲜花跑上天安门城楼向检阅全市青年的少奇同志献花的时候，当民主广场燃起熊熊篝火全体学生狂热地欢歌起舞的时候，当年轻的钱正英同志带着治淮前线的风尘向全校同学畅谈治理淮河的理想时，当纺织女工郝建秀第一次来北大讲述她改造纺织程序的雄心壮志时，当彭真市长半夜召见基层学生干部研究北大政治课如何改进，并请我们一起吃夜宵时……我们只看到一片金色的未来。那时，胡启立同志曾是我们共青团的团委书记，我也在团委工作，他的温和、亲切，首先倾听别人意见的工作作风总是使我为自己的轻率暴躁深感愧疚。记得有一次当我们一起冒着大雨出门开会时，他轻松地取笑我，说我裹着透明的蓝色塑料新雨衣，活像一只包装华丽的高级糖果。多么令人怀恋的那纯净清澈的、透明的、真正的同志关系！

我有幸作为北大学生代表，又代表全北京市学生参加了在布拉格召开的第二届世界学生代表大会。在横贯西伯利亚的火车上，我认识了北大的传奇人物——北大学生自治会主席，反饥饿、反迫害的急先锋，通缉黑名单上的"首犯"柯在铄同志。当时，在赴捷克的全国学生代表团中，他是我们的秘书长。他给我们讲解放区的各种故事和传闻，和他在一起，简直像生活在童话世界。黄昏时分，我们到达莫斯科。团长下令，不许单独行动，不得擅自离开我们下榻的国际饭店。然而就在当晚10点，老柯和我就偷偷下楼，溜进了就在附近的红场。我们哪里按捺得住？况且如老柯所说，两个人就不算"单独"，有秘书长还能说"擅自"？我们在红场上迅跑，一口气跑到列宁墓。我们在列宁墓前屏住呼吸，说不出一句话，只感到灵魂的飞升！后来，我们当然挨了批评，但是心甘情愿。会议结束时，我曾被征询是否愿意留在布拉格，参加全国学联驻外办事处工作？当时办事处主任就是后来曾经担任国务委员兼外交部长的吴学谦同志，他说，留下来，将来可以上莫斯科大学。我考虑再三，最后还是选择了随团返回北大。

后来……后来就是一连串痛苦而惶惑的岁月，谁也说不清是怎么回事。记得在北大"文化大革命"最狂热的日子，红卫兵在全校大喇叭中突然宣布我的老朋友程贤策——就是1948年在黑水洋上教我们唱解放区歌曲的程贤策——竟是大叛徒、大特务，已畏罪自杀，自绝于党，自绝于人民，永远开除党籍。那天，批判会一直开到天黑，回家路上，走到大饭厅前那座旗杆下面（现已移往西校门附近），一颗震骇而空虚的心实在无法再拖动沉重的双腿，我陡然瘫坐在旗杆的基石上！是的，这就是那座旗杆——1952 年我们全体应届毕业生用第一次工资，各捐 5 角钱，合力献给母校的纪念。当时人们还是如此罗曼蒂克！他们要为母校献上这一座旗杆，以便北大从红楼迁到燕园时，新校园的第一面五星红旗将从这座旗杆上高高升起！我们又不愿用父母的钱，而要用每个同学第一次劳动所得的 5 角钱来完成这一"伟业"。留校的我担任了总征集人。那个夏天，我收到了许许多多 5 角钱的汇款单。尽管邮局同志老向我不耐烦地瞪眼，我还是在蒋荫恩总务长的支持下建成了这座旗杆！那时程贤策是文学院党支部书记，我还清楚地记得他曾笑眯眯地"警告"过我："你这个口袋里有多少钱都数不清的人哪！可要记好账，当心有人告你贪污！"我最后一次看见他，是他自杀的前一天。那个黄昏我去买酱油，看见他买了一瓶很好的烈酒。我在心里默默为他祝福："喝吧，如果酒能令你暂时忘记这不可理解的、屈辱的世界！"后来，人们说他就是这样一手拿着酒，一手拿着敌敌畏，走向香山深处！程贤策就这样在"大特务、大叛徒，自绝于人民"的群众吼声中离开了这个他无法理解的动乱的世界。我当时的心情唯能表现于中文系优秀的学生女诗人林昭平反追悼会上的一副对联，这副对联没有字，上联是一个怵目惊心的问号，下联是一个震撼灵魂的惊叹符！17 岁的林昭，她为坚持真理，被划为"右派"，又不肯"悔改"，在多年监禁后终于因"恶攻罪"（恶毒攻击党和毛主席）而被枪毙！枪毙后，还向她母亲索取了7分钱的子弹费！

在此之前，新中国成立后北大中文系的第一个研究生，钟敬文教授最器重的弟子朱家玉早就因不愿忍受成为"右派"的屈辱，深夜自沉于渤海湾；我的老师，著名诗人，宽厚善良的废名先生双目失明于北国长春，传说因被遗忘，无人送饭而饿死在囚禁他的空教室中……林昭、朱家玉、程贤策、废名……这些时刻萦绕于我心间的美丽之魂！他们都是北大抚育出来的优秀儿女，都是北大的精英！如果他们能活到今天……

60年就这样过去了。我在北大（包括门头沟劳动基地、大兴天堂河教育基地、北大鲤鱼洲分校）当过农民、猪倌、伙夫、赶驴人、打砖手，最后又回到教学岗位。20世纪80年代以来，我曾访问过美国、加拿大、澳大利亚，非洲、南美洲和欧洲。我确确实实有机会长期留在国外，然而，再一次，我选择了北大！我属于这个地方，这里有我的梦，我的青春，我的师友。在国外，我总是对这一切梦绕魂牵。我必须回到这里，正如自由的鱼儿总要回到赋予它生命的源头。我只能从这里再出发，再向前！

1948～2008，60年北大生涯！生者和死者、光荣和卑劣、骄傲和耻辱、欢乐和喜、痛苦和泪、生命和血……60年一个生命的循环，和北大朝夕相处，亲历了北大的沧海桑田，对于那曾经塑造我、育我成人，也塑造培育了千千万万北大儿女的"北大精神"，那宽广的、自由的、生生不息的深层质素，我参透了吗？领悟了吗？我不敢肯定，我唯一敢肯定的是在那生活转折的各个关头，纵然再活千遍万遍，我的选择还是只有一个——北大。

儿时的故乡，心中的山野

　　我生在美丽的山城。中国西南部云贵高原有连绵不断的群山，最高的乌蒙山海拔2800多米。群山之中，有一块不大的盆地，这里四周青山环绕，中间有清澈见底的小河流过。这就是贵阳——我的家乡。我出生在这崇山峻岭之中，我的第一个记忆就是从我家楼上玻璃窗可以看见的苍蓝色的螺蛳山。从小我就知道这螺蛳山名称的由来，这是一个美丽而凄凉的故事。在我家那棵古老的银杏树下乘凉的时候，人们反复讲过这个故事——

　　从前，在平坦的盆地上有一家七姊妹，都是聪明美丽的姑娘。住在深山里的蛇公子仰慕她们的聪明美丽，就打发蜜蜂来求婚做媒。蜜蜂飞到这一家，对七个姑娘唱道："嗡嗡嗡，嗡嗡嗡，蛇家请我做媒公！牛驮胭脂马驮粉，金银绫罗12捆，问你张家大姐肯不肯？"大姐不肯，说爬山太苦。蜜蜂挨个儿往下问，二姐说山泉太凉，三姐说森林太黑，四姐说山石太陡峭，五姐说离家太远，六姐说蛇太可怕，她们一起把蜜蜂轰出门。但小七妹和她们不同，她自幼爱山，爱水，爱森林，爱峭石，爱山间的野花，爱林中的小动物……她高高兴兴答应了蛇公子的求婚，和蜜蜂一起走进了深山。她来到密林深处辉煌壮丽的蛇公子的宫殿。蛇公子每天晚上变成英俊少年和小七妹一起，生活得非常幸福。

日子久了，小七妹想念自己的亲人，希望和姐姐们一起分享自己的快乐。她请蜜蜂带队，给姐姐们送去了很多礼物，又请六位姐姐到深山宫殿里来做客。姐姐们从未见过如此美丽的宫殿，如此富裕的生活。她们都非常后悔没有听蜜蜂的话，对小七妹十分嫉妒，并认为这一切本应属于她们自己。于是，她们想出一条毒计。她们一起去到蛇公子面前，说他受了小七妹的欺骗。她们的妹妹原来就最恨山，最恨水，最恨树，最恨花草虫蛇，特别认为蛇是最阴毒的动物！这次，她邀请六个姐姐进山，目的就是要合力害死蛇公子，独占他的宫殿和财产。唯有她们六个姊妹与小七妹不同，她们六姊妹最爱山，最爱水，最爱树，最爱花草虫蛇，她们认为蛇是最美好的动物，她们决不肯将蛇杀害，因此，不顾手足情深，决定将小七妹的这个阴谋揭露出来。蛇公子一听大怒，立即将小七妹赶出家门。

　　小七妹伤心极了！她不能理解这个世界为什么竟能如此颠倒黑白，亲姐妹为什么如此狠心，自己的丈夫为什么能如此轻信无情？她哭了又哭，从这个山头漂泊到另一个山头。有一天，她将头埋在手臂里痛哭，山神可怜她，就把她变成了一座美丽的山。玻璃窗边看见的螺蛳山就是她高耸如螺的发髻，她的泪一滴一滴流在山石上，变成了盈盈的清泉，她的足边总是开满鲜花。山神又怕她寒冷，常常用白色的雾霭，轻纱一般围绕在她胸前。因此，螺蛳山常常是一种特别的青黛色，比周围的青山更加苍蓝，围绕着山腰的雾霭也显得更加洁白。

　　记得母亲从小就教给我一首诗，其中有两句是："天女似怜山骨瘦，为缝雾縠作春衫"。这个故事和这首诗在我的记忆中总是连接在一起，诗和故事都很美，然而，事实却是另一回事。由于贵阳是一个盆地，从沼泽、山洼升起的湿雾很难越过高山向外消散。这种湿雾对健康有害，被当地人称为"瘴气"。长期以来，这块"疫瘴之地"都是人烟稀少，成为政府流放要犯的场所。后来在这里定居的汉族人越来越多，将原住这里的苗族同胞驱赶到更深、更远、更陡峭的深山老林。这些苗民为了纪念他们在被驱赶过程中死伤的同胞和曾经带领他们战斗的苗王，每年四月春暖花开时节，都要回到贵阳市中心，唱歌、跳舞，抒发心中的情思。这一民俗一直持续到今天，在我心中留下了深刻的印象。这些来自深山的苗族人总是激起我深深的好奇和遐想。他们生活在封闭的群山之中，依然保存着很多原来的习惯和风物。苗族妇女至今仍然梳着高高的螺髻，穿着有精致花边的自织的粗蓝布衣裙。苗族妇女的百褶裙十分宽大，皱褶很多，一直垂到足踝，走起路来，裙边随步态摆动，十分动人。一到春天，苗族妇女就会将山里刚出芽的野菜，如蕨菜的幼芽（现在已是世界性营养食品），一种有特殊香味的嫩草根（当地人称为"折耳根"，即鱼腥草），还有气味很刺激的小野蒜（当地人称"苦蒜"）背到城里来卖；随着秋天的到来，她们又会背来满背篓的"红子"（一种艳红的野果），翠绿色的刺梨（现在已被开发为最富维生素的营养食品），还有用棕榈叶穿起来的、深红色的山楂果，一串串挂在胸前。她们走街串巷，叫卖这些从深山里采摘来的、大自然赐予的珍宝。卖了钱，就换盐和五颜六色的丝线。她们多半是一大早进城，黄昏时分便不见踪影。有的城里人对她们很歧视，传说她们都有一种被称为"放蛊"的邪术。这种巫术是将蜈蚣、毒蛇、蝎子、红蜘蛛等七种最毒的动物关在一个土罐里，让它们互相吞食，最后剩下一个最毒者。这个最毒者被用毒咒炼成粉，带在苗族妇女身边，这就是"蛊"。如果有人触犯她们，她们就会念着特殊的咒语，将毒粉弹在她们不喜欢的人身上。这个人回家就一定得病。这当然只是传说，包含着对他种民族的轻慢，但苗族妇女也靠这个传说保护了自己。例如我就曾亲眼见过一群轻薄少年跟在一个苗族姑娘身后恶意地问："喂，你们为什么穿裙子？裙子里面穿着裤子吗？"姑娘把手伸向衣袋，他们就全被吓跑了。他们相信姑娘衣袋里一定有"蛊"。我对这些深山里来的人从来就怀着敬畏，觉得她们又神秘，又美丽，总是在心里把她们和那个在深山里漂泊的、被陷害的小七妹联系在一起。我就是在这样既神秘又美丽，充满着原始想象的氛围中长大。

我生长在高耸的群山和清澈的溪流环绕之中，我从小就热爱我周围的山和水！山，无论多高，总是占有着一定的空间，实际存在，可以仰望。它永远静静地矗立在同样的地方，给人高远的、永恒的、沉稳的、可信赖的感觉。我从小就喜欢静静地面对群山，就像幼时已会背诵的李白的诗："众鸟高飞尽，孤云独去闲；相看两不厌，唯有敬亭山。"我常常凝视着这一片苍蓝，心里想，这山后面是什么呢？母亲说，山后面还是山。那么，山后面的山后面呢？后来，年龄稍长，我才领悟到，其实中国人心目中的山是没有尽头的。它象征着人的眼界和思想境界的不断提升。《孟子·尽心篇》曾记载"孔子登东山而小鲁，登泰山而小天下"。孔子是鲁国人，他曾经登上鲁国的东山，从山顶俯视人寰，这才发现鲁国原来也并不是那么大。后来，孔子登上了更高的泰山，就更感到自己所能看到和所能知道的天下，原来竟如此渺小！山外有山，天外有天！人们应不断突破自己的局限，扩大自己的视野。孔子死后一千多年，中国最著名的诗人之一杜甫（712～770）步孔子的后尘来到了泰山。当时他还很年轻，他在泰山写下了不朽的名篇《望岳》，这首诗最后的两句是："会当凌绝顶，一览众山小。"如果你来到凌空的绝顶，就会感到足下的大山、小山原来都很渺小。又过了近千年，明代诗人杨继盛（1516～1555）追随杜甫的诗境，又来到了泰山。他写道："志欲小天下，特来登泰山，仰观绝顶上，犹有白云还。"他原想沿着孔子和杜甫的行踪，登上泰山的绝顶，一览显得渺小的群山。但他发现这样的登临是没有止境的，即便来到了"绝顶"，山顶之上，也还有来往的白云。大自然是无法穷尽的，"登高望远"成了中国诗歌中一个很重要的母题，永远鼓舞人们站得更高，看得更远。在众多的这类诗歌中，最著名的一首是王之涣（688～742）的《登鹳雀楼》。鹳雀楼在山西蒲州县的黄河高坡上，它面对巍峨的中条山，下临波涛汹涌的黄河。当诗人在一千多年前登临这座楼时，落日西下，黄河东流的宏伟气象尽收眼底，正是"白日依山尽，黄河入海流"，但诗人并不以此为满足，他渴望着更高的立足点，更开阔的视野。随之吟唱出被广泛传诵的千古名句："欲穷千里目，更上一层楼"。这种以登高望远为主题的诗，在中国可以说不计其数。

那么，这种登高望远是不是真的没有尽头呢？人能够登到多高呢？庄子回答了这个问题。庄子认为人不能不受各方面的局限，首先是时间的局限，也就是生命世界的局限。例如朝生夕死的小虫，它们的生命只有一天，它们绝不可能既看到月缺，又看到月圆；春生夏死或秋生冬死的蝉类也不可能既看到秋天，又看到春天。燕雀之类的小鸟只能往还于蓬蒿之间。它们生命的时间决定了它们生命的空间只能非常狭小。而鲲鹏就比它们自由得多了：这种鹏鸟，脊背像泰山一样宽广，翅膀像天边的云彩，一飞就是九万里！更自由的是一位名叫列子的人，他连翅膀也不需要，只要乘着风，就可以随意到任何地方去；但在庄子看来，这也还不够自由，列子毕竟还要依靠风和空气，只有他理想中的"至人"，乘天地之正气，把握着"六气"（阴、阳、风、雨、晦、暝）的变化，遨游于无穷之境，那才是得到了真正的自由。庄子理想中的藐姑射之山就住着很多这样的神人。他们"肌肤若冰雪，绰约若处子；不食五谷，餐风饮露；乘云气，御飞龙，而游乎四海之外"。藐姑射之山是挣脱了时间与空间局限的神人的住所。庄子通过这样一层层比喻和剖析，就是要让人们明白，人在肉体上不能不受百年时间和一定空间的束缚，但只要能打开思想之门，超越利害、得失、成败、生死等各种界限就能像藐姑射山上的神人，获得精神上的真正自由。

然而，能够打开思想之门，超越界限的人终究少而又少，几乎没有。因此，人们在登高望远之时，总是感到生命的有限和宇宙之无穷，而沉入一种宿命的悲哀。清代著名诗人沈德潜（1673～1769）说："余于登高时，每有今古茫茫之感。"南朝诗人何逊（472～519）有"青山不可上，一上一惆怅"的诗句；诗人李白（701～762）也说："试登高而望远，咸痛骨而伤情。"可见，在中国传统中，山，总是和空间的辽阔、时间的永恒相联系的。总之，山，无论多高，总是占有着一定的空间，实际存在，可以仰望，可以登临。它永远静静地矗立在同样的地方，给人高远的、永恒的、沉稳的、可信赖的感觉。

水可就不同了。水给人的第一个感觉就是它永不止息地流逝。因此中国古人很早就把流逝不回的时光和流逝不回的流水联系在一起。孔夫子曾在奔腾不息的河边叹息说："逝者如斯夫，不舍昼夜。"他的意思是说，逝去的时光，如同这流水，永远日夜在流。后来的人们也就总是把时光和流水并提。例如李白的诗"逝川与流光，飘忽不相待"，就是说，逝去的流水和消失的时间都是永不再回来。在中国诗歌中，以流水作为时间的隐喻再发展为人生短暂、自然永恒的咏叹是很普遍的。唐代诗人张若虚（660~720）的《春江花月夜》就是很典型的一首："江天一色无纤尘，皎皎空中孤月轮。江畔何人初见月，江月何年初照人？人生代代无穷已，江月年年只相似。不知江月待何人，但见长江送流水。"在这首诗中，消逝的时光和流水与相对永恒的江上明月形成了鲜明的对照。杜牧（803~852）的一首著名的诗也是咏叹同样的内容。他写道："六朝文物草连空，天淡云闲古今同；鸟去鸟来山色里，人歌人哭水声中。"流水总是令人想起逝去的光阴：曾经繁华一时的六朝文物早已变成一片连天的荒草，而悠闲的白云和淡淡的蓝天却千载相同；在同样的山色里，飞鸟去了又来，而人的欢乐和痛苦却永远消逝在永不再来的时光和流水之中。

但由于水的多变和难于捉摸，也常常给人带来新的希望。山，总是一样，不会有太大的变化；水，却变化无穷，从不使人绝望。正如王安石在《江上》一诗中所说"青山缭绕疑无路，忽见千帆隐映来"。水，总是把人引向辽阔的、难以预测的远方。

《庄子·秋水》篇讲了一个著名的故事，说的是，秋天涨水的时候，百川灌河，河流比往时更加宽阔，连两岸的牛马都看不见了。河神很高兴，以为天下万物都已在他的管辖之下了。他骄傲地沿着泛滥的河水来到了北海，发现这里的水根本看不见边际，这才自惭形秽，认识了自己的渺小。北海的海神虽然教导河神说"天下之水莫大于海"，但他比较了解自己的局限，他给河神描写了一幅更大的空间，告诉他，即便是东南西北四海加在一起，不也就像蚁穴在大泽里一样吗？中国在四海之内不也就像一粒小米在大谷仓之中吗？水和时光一样，总是通向浩瀚无际的、不可知的空间！

故乡的山水和我心中的山水还使我特别喜欢传说中美丽的巫山神女和屈原笔下的山鬼！

从长江深峡中，远眺苍翠秀丽、云遮雾罩的巫山十二峰，真是令人浮想联翩！巫山多雾，朝云暮雨，变幻莫测，

2011年6月在贵州

自古就有许多美丽神秘的传说。中国古老的地理书《水经注》曾记载巫山之下是巫峡。长江从巫山流过，首尾160里，"两岸连山，略无缺处；重岩叠嶂，隐天蔽日"，除了正午，看不见太阳。两岸常有"高猿长啸"，声音凄厉，因此有渔歌说："巴东三峡巫峡长，猿鸣三声泪沾裳。"《水经注》载，巫山上有天帝的女儿居住，她的名字叫瑶姬。关于瑶姬，有两个不同的传说。

其一是说巫山神女与治水英雄大禹有一段恋情。大禹治水时来到长江上游，当时巫山阻断长江水路，长江泛滥成灾，民不聊生。住在巫山之阳的瑶姬知道大禹会来，就打发侍女给他送去一本能召唤鬼神的书，并派了几位大神帮助大禹打通了巫山，使长江的水顺利流过。瑶姬做这件事，违背了天帝的意志，当大禹功成去探望瑶姬时，她和她的侍女们已被天帝变成十二座山峰，这就是我们在巫峡船上仰望的巫山十二峰，其中最美丽、最奇峭的一座，就是瑶姬的化身。

其二是说瑶姬未婚早夭，魂灵变成瑶草。这种草的叶子重重叠叠，开着黄色小花。相传女子吃了瑶草的果实就获得一种魅力，使天下的男子不由自主地都爱她。公元前三世纪的著名诗人宋玉曾写过《高唐赋》和《神女赋》，讲巫山神女的故事。这首诗说，宋玉曾和楚襄王一起来到"云梦之台"，看到瞬间变化无穷的云雾。楚襄王问这是什么，宋玉说，这是"朝云"。楚襄王问"朝云"又是什么呢？宋玉就给楚襄王说了神女的故事。他说，过去楚襄王的父亲楚怀王曾游高唐，梦见一个美丽的少女来看望他，并说自己是"巫山之女，高唐之客"，听说楚王来了，愿意和他相爱永好。经过美好的一夜，少女告别楚王，依依不舍地告诉他，自己住在"巫山之阳，高邱之岨，旦为朝云，暮为行雨，朝朝暮暮，阳台之下"。当时在云梦方圆九百里中，建有亭馆楼台。楚襄王与宋玉所游的"云梦之台"就是其中之一。从这里可以远眺"高唐之观"。这高唐观建在巫山云海深处，远远望去，只见云环雾绕，云气忽而像山峰一样层叠矗立，忽而又云消雾散，变化无穷。这云梦之台和迷离惝恍的巫山高唐使楚襄王受到深深的感动。他想和自己的父亲一样让瑶姬主动来到自己的梦里。瑶姬果然来了，可惜没有看上他，不管襄王如何"惆怅垂涕，求之至曙"，也是枉然。竟怫然而去！因为她是一个只听从自己心灵召唤的崇爱自由的女子！

这个美丽的幽灵使人不能不联想到一个更美丽、更幽怨、更多情的形象，那就是屈原（前340～前278）笔下的"山鬼"。《山鬼》这首诗一开始就写一位美丽的少女出现在山的幽深处，她用藤萝一类的花草当作衣裳和腰带，美目含情，露出一副可爱的笑容。她乘坐的是辛夷木做的车，还装饰着用芳香的桂花编织成的旗。拉车的是赤豹，跟随的是文狸。她一路用石兰等野花把自己打扮得更美丽。她一边走，一边采摘着芳草，她正要去赴一次约会，她要将芳草送给她心爱的人。然而，这却是一次未实现的悲伤的约会。她的情人也许已经走了，也许根本没有来！她只能站立在"山之上"，独自等待，一直等到云升雾起，风起雨落，猿声夜啼，黑夜来临！她空叹着岁月之易逝，惆怅忘归。她始终站在松柏之下，渴饮山泉之水，疑虑丛生，等待情人。在我的心目中，山鬼一定是一个爱情失意，而又始终期待着爱情的少女的幽魂。《山鬼》一诗把这个美丽的少女的形象凝固了，她一直孤独地站在群山之巅，越过两千多年的风雨，来到我们心中。她始终是我最心爱的中国文学所塑造的美丽形象中的一个。无论是山鬼还是巫山神女，她们都是按自己的意愿来生活的美丽而勇敢的自由之魂。山鬼和神女的形象第一次完整地展示了女性按照自己的意愿，没有任何功利动机，也不受什么礼教约束，自由地渴望着爱情，自由地献身于自己所爱之人。

贵州的山，贵州的水，贵州的人民，还有祖国大西南巍峨的群山，蓊郁的林木，深邃的江河，奇险的流水，及其所培育的文学艺术，形成了我的性格，孕育了我的气质，构成了我的历史，自始至终，为我所有！即使海枯石烂，也砸不倒、灭不掉、挖不出，因为它们已深深融入了我的灵魂，铸成了我的形体！

小城家事

　　我父亲是 20 世纪 20 年代北京大学英文系的旁听生。他曾接受过胡适的面试，胡适嫌他口语不好，有太重的山城口音。他一气之下，就在北大西斋附近租了一间公寓，坚持在北大旁听，当了三年自由学生。他告诉我当年北大的课随便听，他只听陈西滢和温源宁的课，虽然对面教室鲁迅的讲堂人山人海，但他也从不过问。

　　他不缺钱。祖父是贵阳山城颇有名气的富绅兼文化人，写得一手好字，收了好些学生。据说他痛恨自己的先人曾是贩卖鸦片的巨商，立志改换门庭，将四个儿子先后送到北京。一个是清华大学首批留美学生，学化学；一个送到德国，学地质，后来多年担任北大地质地理系主任；还有一个学医，是抗战时期贵州名医；只有父亲学文，颇有游手好闲之嫌。但父亲并不是一个纨绔之人。记得 1976 年他和我曾到天安门左侧劳动人民文化宫，去向周恩来总理遗体告别，他一再和我谈起 1924 年，他到天安门右侧中山公园悼念孙中山，并步行送孙总理遗体上碧云寺的情景。他对两位总理都深怀敬意，曾对相隔五十余年的东侧、西侧两次悼念，不胜唏嘘。但他却始终讨厌政治，只喜欢读济慈、华兹华斯的诗。

1927 年，他"学成"还乡。同学中有人劝他去南京，有人劝他去武汉，他都不听，一心要回家乡，建立小家庭，享人间温暖，尽山林之乐。据他说，途经九江曾遇一位革命党人，好意劝他参加革命，南下广州。不想他游庐山归来，这位革命党人已经被抓进监狱，这更使他感到政治斗争的残酷，而更坚定了"躲进小楼成一统，管他冬夏与春秋"的决心。

回到贵阳，我父亲很是风光了一阵。他穿洋装，教洋文，手提文明棍；拉提琴，办舞会，还在报上骂军阀，都是开风气之先。他又喜欢和教堂的神父、牧师交往，换换邮票、看看杂志，喝喝咖啡之类。"文化大革命"期间，他为此吃了很大苦头，说他是什么英国特务的高级联络员等等，经过多次"触及灵魂的批斗"，后来也就不了了之。

父亲当年回乡最得意之事就是娶了比他年轻十多岁的我母亲，她是当年女子师范艺术系的校花，从此筑成了他多少年来朝夕梦想的温馨小家。我就是在这样一个家庭中出生长大。父母都是新派人，又有钱无处花，所以四岁就送我进天主堂，跟一位意大利修女学钢琴。一星期三次，我每次都被天主堂那只大黑狗吓得魂飞魄散，对钢琴则毫无感觉。我在这个名叫善道小学的教会学校从幼稚园念到三年级，留下了天主堂圣诞节、复活节的辉煌记忆。最有意思的是每个礼拜的"望弥撒"，我还能清楚记得那每次必念的经。当时这些经对我来说，只是一串音符，现在想来，大概是如此："申尔福，玛利亚，满被圣宠者，主与尔贤焉。女中尔为赞美，尔胎子耶稣，并为赞美。天主圣母玛利亚，为我等罪人，敬谢天主及我等死后人。亚孟。"这一段经，当时学校上下人人会念。最近读关于第一批耶稣会士利玛窦的书，才恍然大悟，原来，利玛窦为了迎合中国文化讲求仁义、崇拜祖先、尊重母亲的特点，尽量少宣传耶稣钉死在十字架上的残酷形象，而多宣传圣母的普爱世人，以致乡民认为主宰天主教的是一位女性；而且在敬谢天主之后，还要敬谢"死后人"之类，大概都是外来文化首先迁就本土文化（崇拜祖先）的痕迹。

　　对天主堂的其他记忆就只还有一次为一名德高望重的老神父送葬。那次，我走在队伍的最前面，手捧一大把非常美丽的鲜花，心里感到非常神圣。另外，就是许许多多漂亮的十字架和念珠，和每回圣诞节必得的一只透明玻璃胶小靴子，里面装满了五颜六色的糖果，有时还会有一个小小的刻着圣母像的精致圣牌。

"卢沟桥事变"之后，贵阳这座山城陡然热闹起来，市街摆满了地摊，出售逃难来的"下江人"的各式衣服杂物；油炸豆腐、江苏香干、糖炒栗子、五香牛肉的叫卖声此起彼落。一到傍晚，人群熙熙攘攘，电石灯跳动着小小的蓝火苗，发出难闻的臭味。我却喜欢和母亲一起在闹市中穿行，一边吃个不停。可惜好景不长，大约是 1939 年年末，下达了学校疏散的命令，父亲所在的贵阳一中奉命迁到离市区十余里的农村——乌当。先是在一个大庙里上课，后来又修建了一些简陋的草房；教员则挤在租来的民房里。父亲仍不改他的"浪漫"，别出心裁地租了一座农民储粮的仓库，独门独户，背靠小山，地基很高，面向一片开阔的打谷场。

我们一家四口（还有两岁的弟弟）就在这个谷仓里住了两年多。尽管外面兵荒马乱，我们还可以沉浸在父亲所极力营造的一片温情之中。例如我们常常去那座小山顶上野餐，欣赏夕阳。这种时候，我和弟弟在草地上打滚，摘野花，有时也摘一种野生的红荚黑豆和大把的蒲草，母亲会将它们编成一把条帚扫床。母亲还教我们用棕榈叶和青藤编织小篮儿，装上黄色的蒲公英花和蓝色的铃铛花，非常美丽。这时候，父亲常常独自引吭高歌，他最爱唱的就是那首英文歌《蓝色的天堂》："just Mary and me,and baby make three，that is my blue heaven！"有时我们也一起唱："家，家，甜蜜的家！虽然没有好花园，春兰秋桂常飘香，虽然没有大厅堂，冬天温暖夏天凉……"父亲有时还唱一些古古怪怪的曲子，我至今还清楚地记得其中一首歌词是这样："我们永远相爱，天荒地老也不分开，我们坚固的情爱，海枯石烂也不毁坏；你看那草儿青青，你看那月儿明明，那便是我们俩纯洁的、真的爱情。"我至今不知此是中国歌还是西洋歌，是流行歌曲还是他自己编创的歌曲。

中学教师的薪水不多，但我们有城里房子的租金补贴，乡下生活过得不错，常常可以吃到新鲜蔬菜和鲜猪肉。每逢到三里外的小镇去买菜赶集，就是我最喜欢的节日。琳琅满目挂在苗族和"仲家"族项链上的小铃铛、小饰物，鲜艳夺目的苗族花边和绣品，还有那些十分漂亮、刻着古怪图案，又宽又薄的苗族银戒指，更是令人生出许多离奇的梦幻。唯一令人遗憾的，是没有好点心可吃。母亲于是用洋油桶做了一个简易烤箱，按书上的配方做蛋糕和饼干。开始时，蛋糕发绿，饼干一股涩味，后来，经过多次试验，一切正常。由于加了更多的作料，比城里点心店买的还要好吃。父母常以

《浮生六记》的男、女主人公自况，"闲情记趣"一章也就成了我的启蒙读物。那时候，虽然外面烽火连天，周边的生活却真好像是一首美丽恬静的牧歌。然而，经过多年之后，回想起来，倒也不尽然。

我们住家附近没有小学，父母就自己教我念书。父亲教英语、算术，母亲教语文和写字。母亲嫌当时的小学课本过于枯燥无味，就挑了一些浅显的文言文和好懂的散曲教我阅读和背诵。我现在还能背全篇归有光的"祭妹文"和一篇至今未能找到出处的短文。母亲十岁丧母，外祖父是贵州法官，三个女儿中，最爱我母亲。他为了照顾孩子，娶了一房继室。谁知孩子们的生活由此更为难过，外祖父不久即抑郁而死。那时母亲仅十五岁。母亲是一个非常要强的人，她一方面支持比她大三岁的姐姐到北京求学；另一方面，带着她小五岁的妹妹在别人的欺凌中苦苦挣扎。据我后来的观察，她与父亲的结合多少有一些"不得不如此"的苦衷。她内心深处总以靠父亲生活而不能自立为耻。对于父亲的种种"罗曼蒂克"，她也不过勉强"紧跟"而已，并非出自内心的追求。从我很小的时候起，母亲总是时时刻刻教我自立自强，并让我懂得依靠别人是非常痛苦的事。母亲常教我背许多易懂的散曲，内容多半是悲叹人生短暂，世事无常。那首

《西厢记》中的"碧云天，黄花地，西风紧，北雁南飞。晓来谁染霜林醉，总是离人泪"，母亲最喜欢，还亲自谱成曲，教我唱。从后来的许多事实看来，这些选择都体现出母亲内心深处的一些隐痛。其实，所谓牧歌云云，也不过是自己给自己营造的一种假象。当时，抗日运动高涨，贵阳一中也来了许多"下江"学生和先生。他们教大家唱抗日歌曲，诸如"大刀，向鬼子们的头上砍去""工农兵学商，一起来救亡"之类，我都是当时学会的。我印象特别深的是有一位美术老师，我至今还记得他的名字叫吴虁。我所以记得这个名字是因为虁字太难写，母亲教我写了很多遍。吴先生教学生用当地出产的白黏土做各种小巧的坛坛罐罐，然后用一个铜钱在上面来回蹭，白黏土上就染上一层淡淡的美丽的绿色。他又教学生用木头雕刻简单的版画，我记得刻的大都是肌肉隆起的臂膀，还有喊叫的张开的大嘴。版画上大都刻着抗日的大字标语。学生们都很喜欢他，特别是我的小姨，母亲唯一的妹妹，当时也是贵阳一中的学生。父母在乡间很少招待客人，这位吴先生却是例外，记得他来过好几次，和父母谈得很高兴。于是，来到了大清洗的那一天。在一个漆黑的夜晚，吴先生和两个学生被抓走了，警车呼啸着，穿过我们窗前的小路。不久，传来消息，说吴先生一抓到城里就枪毙了，他是共产党员！接着又有一些学生失踪。母亲把小姨囚禁在家，也不让她上学，她大哭大闹要和同学一起去延安。就在这个夏天，父亲因私藏共产党宣传材料被解聘，失了业。那是1941年，我10岁。

我们一家凄凄凉凉地回到了贵阳。原来住的房子已租给别人，我们无处可去，只好挤进"老公馆"。所谓"老公馆"，就是祖父去世前他与他的五房儿子共居的处所。老屋很大，共有六进，从一条街（普定街）进去，打从另一条街（毓秀里）出来。祖父死后，五兄弟分家，有的分了田产，有的分了商号，父亲分了整个后花园，当医生的伯父则分了大部分老宅，开办私人医院。老宅中有一进留作祭祀之用，由祖父的姨太太管理和居住，我们叫她姨奶。她住在楼上，楼下堂屋供着祖父母的画像和"神主牌"。每天黄昏，楼上的姨奶便按时下楼来烧香、敲磬。堂屋旁边的厢房是一间空屋，我们一家四口就搬了进去。和原来的大花园相比，这自然是天上地下。

父亲失业，坐吃山空。更不幸的是两年前政府决定修一条大马路，从我们的花园中央蛮横地穿过去。据说原来的计划并非如此，只为父亲坚决拒绝行贿，这条大路便把花园拆得七零八落。父亲只好把房子让给别人，修建费抵作20年租金。我们真是过了一段非常穷困的日子。我常陪母亲到贵阳专门收购破烂的金沙坡去卖东西。几乎所有能卖的东西都卖光了。记得有一次，母亲把父亲过去照相用作底片的玻璃片洗得干干净净，一扎扎捆得整整齐齐，装了一篮子，拿到金沙坡，但人家不愿买，说了很多好话才卖了五毛钱。母亲和我真是一路滴着眼泪回家的。更难堪的是，当时已是贵阳名医的伯父，事业非常发达。他的私人医院占据了大部分老宅，而且修缮一新。许多权贵都来和他结交。就在同一院内，他们家天天灯火辉煌宾客盈门。我的六个堂兄弟都穿着时髦，请有家庭教师每天补习功课。我和他们常一起在院子里玩，每到下午3点，就是他们的母亲给他们分发糖果点心的时候。这时，我们的母亲总是紧关房门，把我和弟弟死死地关在屋里。在这一段时间里，父亲很颓丧，母亲和我却更坚定了奋发图强，将来出人头地的决心。

生活的转机有时真是来得好奇怪！父亲偶然碰到了一个北京大学的老同学，他正在为刚成立不久的贵州大学招兵买马，一谈之下，父亲当即被聘为贵州大学英文系讲师，事情就是那么简单！我们一家高高兴兴地搬到了贵州大学所在地花溪。说起花溪，也真是有缘分。这是一个非常非常美丽的小镇，离贵阳市中心30多里地，一湾翠色的清溪在碧绿的田野间缓缓流淌，四周青山环绕，处处绿树丛生，但多少年来，这块宝地却不为人知。大约还在抗日战争爆发前三四年，喜爱爬山越野的父亲就发现了这一片世外桃源。那时这里还只是一片不为人知、只是"仲家"族聚居的荒山僻野。如果你不能步行30里，你就绝无可能亲自领略这一派人间仙境。父亲一心向往西方生活方式，也想在城外拥有一间幽静的别墅。他花了很少一点钱，很早就在花溪（当时的名称是"花格佬"）买了一小片地，就地取材，依山傍水，用青石和松木在高高的石基上修建了一座长三间的房子，前面有宽宽的阳台，两边有小小的耳房，走下七层台阶，是一片宽阔的草地，周围镶着石板小路，路和草地之间，是一圈色彩鲜艳的蝴蝶花和落地梅。跨过草地，是一道矮矮的石墙，墙外是一片菜地，然后是篱笆。篱笆外便是那条清澈的小溪了，它是大花溪河的一道小小的支流。草地的左边是一座未开发的、荒草与石头交错的小山。最好玩的是在篱笆与小山接界之处，却是一间木结构的小小的厕所，厕所前面有一块光滑洁净的大白石。后来，我常常坐在这块大白石上，用上厕所作掩护，读父母不愿意我读的《江湖奇侠传》和张恨水的言情小说。草地的右侧则是一间厨房和一间储藏室，父亲雇来看房子和种花草的一个孤单老人就住在这里。听说他也不是本地人，而是一个四处流浪、无家可归的老兵。几年后，这位孤独的老人一病不起，父亲一怕传染，二不愿有人死在自己家里，就在墙外搭一个草棚，将老人搬进去。我每天给他送水送饭送药，心里总感到很难过、很不忍，觉得我和父亲一起做了亏心的事。这是我第一次朦胧体验到人间的不平，此是后话。当年，这位老兵可真把房子、菜地、花园全都拾掇得一无瑕疵，可惜路途遥远、交通不便，实际上，抗战前我和母亲只去过一次，是乘轿子去的。那次，新居落成，父亲大宴宾客，游山玩水，唱歌跳舞，又是听音乐，又是野餐，很是热闹了好几天。平时，只有父亲常去，他喜欢步行，认为那是一种很好的运动。

这次回返花溪的机缘简直使父亲欣喜若狂。虽然他的别墅离贵州大学足有十里之遥，他也宁可每天步行上课。而不愿住进大学的教师宿舍。后来他为此几乎付出了生命作为代价。他和母亲在这里一住就是 30 年，20 世纪 50 年代，当我和弟弟都在北京念书时，他忽然得了脑血栓，人事不知，昏迷不醒。那幢别墅修建在仲家族聚居的一座小山的半山腰，离镇上的小医院还有十多里路，既没有车也没有电话，一时间更叫不来帮手。母亲怎么把父亲弄到医院，父亲又怎么能全无后遗症地恢复了健康，对我们来说，始终是一个不可思议的谜！

我快乐地在花溪度过了我的初中时代。母亲因为在我就读的贵阳女中找到了一份教书的工作，心情比过去好多了。她担任的课程是美术和劳作。她教我们用白黏土做小器皿，并用铜板磨上淡淡的绿色。我知道这是为了纪念那位被枪杀的年轻美术教师吴燮。母亲还教我们用粗毛线在麻布上绣十字花，她也教我们铅笔画、水彩画、写生和素描。总之，她的教法是相当新潮的。她非常爱艺术，也爱她的学生。据说她和父亲结婚的条件就是婚后送她到上海读书学画，但是由于过早地怀上了我，一切计划都不得不付诸东流！后来母亲和父亲吵架时，总是恨恨地骂他毁了她的一生。其实父亲也并非不感到内疚，在我两三岁时，父亲曾带着我和母亲去到杭州，让母亲在那里上了著名的杭州艺专。但是不到半年，由于我不知道的什么原因，我们一家又回到了贵阳。

总之，我们在花溪的生活又恢复到过去的情调：在小溪边野餐，看日落，爬山，做点心，赶集，只是这里的集市要比鸟当大得多了，父亲又开始快乐地唱他那些永远唱不完的老歌。我的初中三年就这样在花溪平安快乐地度过。

山城中学生活一瞥

　　抗日战争爆发，大批不愿做亡国奴的人们，包括许多精英知识分子和文化人来到大西南。他们大大充实并改造了原来比较闭塞的山城文化，提高了各种机构的文化水平，特别是学校的师资水平。我念完了三年初中的贵阳女中就是从贵阳迁到花溪的，这里集中了一批相当优秀的师资。我最喜欢的国文老师就是刚从北方逃难南来的一位"下江人"，我还清楚地记得她的名字叫朱桐仙。

　　朱老师很少照本宣科，总是在教完应学的单词和造句之后，就给我们讲小说，一本《德伯家的苔丝》，讲了整整一学期。那时我们就知道她的丈夫是一个著名的翻译家，名字是张梦麟。他当时还在上海，《德伯家的苔丝》正是他的最新译作。朱老师讲故事时，每次都要强调这部新译比旧译的《黛丝姑娘》如何如何高超。在三年国文课上，我们听了《微贱的裴德》《还乡》《三剑客》《简·爱》等。这些美丽的故事深深地吸引了我，几乎每天我都等待，以至渴望着上国文课。

朱老师 30 来岁，是一个颇有风韵，也有自己的生活情趣和追求的女性。她不愿在学校附近住集体宿舍，就独自在我们家后面的那座小山上，比我们家更高一些的地方，租了两间农民的房子。她单身一人，家中却很热闹。经常有许多年轻的来访者。母亲不大喜欢她，常在背后指责她"拈花惹草"，说她走起路来，扭得太厉害，故意卖弄风情。

我们的国文课越上越红火了。大约在二年级时，朱老师在我们班组织了学生剧团，第一次上演的节目就是大型话剧《雷雨》。我连做梦都想扮演四凤或繁漪，然而老师却派定我去演鲁大海。我们是女校，没有男生，只能女扮男装。我觉得鲁大海乏味极了，心里老在想着繁漪和大少爷闹鬼以及二少爷对四凤讲的那些美丽的台词。由于演出相当成功，朱老师甚至决定自己来创作一出歌剧。她在课堂上大讲中国京剧如何落后，意大利歌剧如何美妙。她终于和一位叫李永康的贵州农学院的讲师合作，写出了她认为是中国"第一部可以称为歌剧的歌剧"。在他们合作的过程中，李先生几乎每天都来朱老师家，他俩为艺术献身的精神着实令人钦佩。李先生会拉手风琴、会弹钢琴，朱老师构思情节并写歌词。他们常常工作到深夜，于是，人们开始窃窃私语。每逢李老师走过我家门口，母亲总是对父亲悄然一笑。有一次母亲还一直熬到深夜，就为看看李先生究竟回家没有，我也使劲撑着眼皮，但却很快就睡着了，到底不知结果如何。不管怎样，歌剧终于完成，并开始了大张旗鼓的排练。朱老师要求全班同学都学会唱所有的歌，我们大家每天都得练到天黑才回家，而这些歌也都深深刻进了我们童年的记忆。记得帷幕拉开，就是伯爵登场，他轻快地唱道："时近黄昏，晚风阵阵，百鸟快归林。荷枪实弹，悄悄静静，沿着山径慢慢行……"他随即开枪，向飞鸟射击。一只受伤的小鸟恰好落在树林深处伯爵夫人的怀里，她于是唱起了凄凉的挽歌："鸽子呀，你栖在幽静的山林，你整天在天空飞翔，鸽子呀，你哪知凭空遭祸殃，可怜你竟和我一样，全身战栗，遍体鳞伤，失去自由无力反抗……"正在此时，一位流浪诗人恰好走来，他唱着："异国里飘零，流亡线上辛酸。我饱受人间的冷眼风言，我只能忍气吞声，我只能到处飘零。如今，我不知向何处寻求寄托，何处飘零？！"当然，两个不幸的人立刻同病相怜，随即坠入情网。后来，当然是伯爵一枪将诗人打死，伯爵夫人也就自杀身亡。

当时，这出"千古悲剧"真使我们心醉神迷！虽然所有角色照例都属于漂亮入时的"下江人"，但我们对于分配给我们的职务却是十分尽职尽责。记得我当时负责管道具，为了打扮那位伯爵夫人，我把我母亲结婚时用的银色高跟鞋和胸罩（当时一般女人不用胸罩）都背着母亲翻了出来！演出当然又是非常成功。露天舞台设在一片土台上，后面是一片深幽的松林，当年轻美丽的伯爵夫人穿着一身白纱裙（蚊帐缝的），头上戴着花冠从松林深处幽幽地走向前台时，大家都不由自主地屏住了呼吸。我就是这样爱了文学，爱上了戏剧。

初中毕业，我离开花溪，回到贵阳，考上了当时很著名的国立第十四中学。穿过贵阳山城的次南门，经过水口寺，来到马鞍山麓，这就是著名的贵州唯一的国立中学——第十四中学。这个中学，抗战前为南京中央大学附中，抗战后迁往贵阳改名第十四中学，抗战胜利后迁回南京，新中国成立后为南京师范大学附中。当时十四中学的学生多是外地迁入的高官富商子弟，师资多是"下江"因战争逃难来内地的名校教师或报刊文人。学校对学生有一套严格的管理办法，决不允许奢靡松懈之风。每一班级都有一个班主任，这一班级就以他的名字命名。我们的"泽寰级"以数学老师赵泽寰命名，在全校以数学好而著称。我后来考大学往往拿高分，就得益于赵泽寰老师教我的数学。

学校每天都有升旗仪式，唱国旗歌，然后校长训话。晚上有晚点名，点名前唱的歌是劳动歌："神圣劳动，小工人爱做工；神圣劳动，小农民爱耕种……为什么读书？为什么读书？为辅助劳动。"点名后唱的歌是学校老师自编自谱的"马鞍山颂歌"，我至今清楚地记得歌词是这样："马鞍山，马鞍山，是我们成长的园地，是我们茁长的摇篮。山上飘洒着园丁的汗雨，山下流露着慈母的笑颜。上山！上山！往上看，向前赶！永恒的光，永远的爱。永远地守住我们的园地，永远地守住我们的摇篮！"学校每个星期都要举行"纪念周"，在这种全校性的周会上，常常有大小官吏来训话，也会有老师的讲演和对学生进行的批评与表扬。总之，国立十四中有自己独特的传统和校风，特别重视劳动和纪律，这对那些"高干子弟"和"有钱学生"起了非常好的作用。当时，每个班级都有自己的自留地，自留地种不好被认为是全班的耻辱，学生们都拼命为自己的班级争光，为学校的声誉自豪。总之，严格训练和管理，尊师爱校，在这里确实蔚然成风。

但课外活动却是自由的。从周一到周五，没有一个学生可以无故离校，周末则是完全由自己选择。每个学生都可以完全不受干预地安排自己的周末。当时我每个星期六参加唱片音乐会（不收门票），听著名的音乐史家萧家驹先生介绍古典西洋音乐，然后系统地欣赏从巴哈、贝多芬、舒伯特、德沃夏克、柴可夫斯基到德彪西、肖斯塔科维奇的乐曲（并不全懂，喜欢而已）。星期天晚上，我常去参加圣公会的英文礼拜，听上海圣约翰大学神学院毕业的汤牧师用英语布道，然后急急忙忙乘马车赶回学校，参加晚点名。这起先只是想练练英语听力，后来是真正对基督教的氛围发生了兴趣。特别是那些非常动人的赞美诗，似乎真沟通了一种超自然力量和人的灵魂。我不但参加英文礼拜，而且也参加了查经班、唱诗班，并认识了年轻的女牧师密斯宾。这是我认识的第一个美国人。我们一起用英文读《圣经》，唱赞美诗，我最爱听她讲《圣经》故事和人生哲理。她的广博知识、平等待人，特别是她的献身精神都使我深深感动，并看到了另一种人生。

此外，每天晚饭后，晚自习前，也有两小时左右是自由时间。我和同学们黄昏散步，时常经过学校附近的美国兵驻地。记得那里堆成小山的咖啡渣，经常发出诱人的香味；偶尔会拾到一两张美丽而光泽的糖纸。特别吸引我们的是沿街销售美国剩余物资的小地摊，从黄油、奶粉、口香糖、信封、白纸，直到简装本的古典小说和侦探故事都有。这种简装六十二开的旧书便宜到几分钱一本、软封皮、不厚不薄，在车上、床上，特别是上课时偷着看都方便。霍桑、海明威、辛克莱、史坦贝克，我都是通过自己半通不通的英文，从这些简装缩写本中读到的。

回首这高中一年级的生活，深感每一天都过得紧张而充实。一切都按部就班，一切都发自内心。只要做好分内的事，就不会有人来指手画脚，也没有父母的过多干涉。一切自己做主，自己选择。就在这样的课内课外、严格训练与自由选择的交织中，一个15岁少年的性格、素质，兴趣、爱好，以至人生观遂逐渐形成。

抗战胜利后，我在国立第十四中的许多朋友，都纷纷回到"下江"，有的在北京，有的在南京，有的在上海。高中三年级时，我已下定决心，一定要离开这群山封闭的高原之城。我一个人搭便车到重庆参加了高考。这是一辆运货的大卡车，我坐在许多木箱之间颠簸，穿行在云雾和峭壁之间。久已闻名的什么七十二拐、吊尸岩等名目吓得我一路心惊胆战！好不容易来到了重庆沙坪霸原中央大学旧址，西南地区的考场就设在这里。大学生们早已放假回家。我们白天顶着38.9度的高温考试，晚上躺在空荡荡的宿舍里喂早已饿扁了的臭虫。那时是各大学分别招生，我用了20天参加了三所大学的入学考试。回贵阳后，得知我的中学已决定保送我免试进入北京师范大学，不久，北京大学、中央大学、中央政治大学的录取通知也陆续寄到。我当然是欢天喜地，家里却掀起了一场风波！父亲坚决反对我北上，理由是北京眼看就要被共产党围城，兵荒马乱，一个17岁的女孩子出去乱闯，无异于跳进火坑！他坚持我必须待在家里，要上学就上家门口的贵州大学。经过多次争吵、恳求，直到以死相威胁，父亲终于同意我离开山城，但只能到南京去上中央大学。他认为共产党顶多能占领长江以北，中国的局面最多就是南北分治，在南京可以召之即回。我的意愿却是立即奔赴北京。母亲支持了我，我想这一方面是由于她的个性使她愿意支持我出去独闯天下；另一方面，她也希望我能在北方找回她失踪多年的姐姐。20年前，她曾卖尽家产，供姐姐北上念书，当时有约，五年后，姐姐工作，再援引两个妹妹出去念书。谁知一去20年，音信杳无，也不知是死是活！我们对父亲只说是去南京，母亲却另给了我十个银元，默许我到武汉后改道北京。

我当时只是一心一意要北上参加革命。其实，我并不知革命为何物，我只是痛恨那些官府衙门。记得我还是一个初中学生时，父亲就让我每年去官府替他交房捐地税。因为他自己最怕做这件事。我当时什么都不懂，常常迷失在那些数不清的办公桌和根本弄不懂的复杂程序中，被那些高高在上的官儿们呼来喝去，以致失魂落魄。父亲还常安慰我，说就像去动物园，狮子老虎对你乱吼，你总不能也报之以乱吼罢！对于每年必行的这种"逛动物园"，我真是又怕又恨，从小对官僚深恶痛绝。加之，抗战胜利后，我的一个表哥从西南联大回来，带来他的一帮同学，他们对我们一群中学生非常有吸引力。我们听他们讲闻一多如何痛斥反动政权，如何与李公朴一起被暗杀，哀悼的场面是如何悲壮，学生运动如何红火。我们听得目瞪口呆，只觉得自己过去原来不是个白痴也是个傻瓜！简直是白活了。其实，现在想来，他们也难免有夸张之处，例如我的表哥说他曾扛着一只炸断的人腿，到处跑着去找寻腿的主人！这显然不太可能，但当时我们却什么都深信不疑，并坚定地认为，国民党统治暗无天日，不打垮国民党，是无天理，而投奔共产党闹革命，则是多么正义，多么英勇！又浪漫，又新奇，又神秘。

当时贵阳尚无铁路，必须到柳州才能坐上火车。我一个人，提了一只小皮箱上路，第一天就住在"世界第一大厕所"金城江。抗战时期由于经过这里逃难的人太多，又根本没有厕所，只好人人随地大小便，到处臭气熏天。战后两年，情况也并无好转。我找了一家便宜旅馆，最深的印象是斑斑点点、又脏又黑的蚊帐和发臭的枕头，以及左隔壁男人们赌钱的呼五喝六和右隔壁男人们震耳欲聋的鼾声。我心里倒也坦然，好像也没有想到害怕，只是一心梦想着我所向往的光明。

飞越黑水洋

　　1948年，我同时考上了北京大学和后来迁往台湾的"中央大学""中央政治大学"，还有提供膳宿的北京师范大学。我选择了北大，只身从偏僻遥远的山城来到烽烟滚滚的北方。

　　其实，也不全是"只身"，一到武汉，我就找到了北京大学学生自治会的新生接待站。接待站负责人程贤策是武汉大学物理系的高材生，却在这一年转入了北京大学历史系。相熟后他告诉我，他所以转系就是因为他认为当时不是科学救国的时机，他研究历史，希望能从祖国的过去看到祖国的未来。

　　他体格高大，满脸笑容，有条不紊地组织我们这帮二十几个人的"乌合之众"，沿长江顺流而下，到上海转乘海船，经黑水洋直达塘沽，再转北京。他是我第一个接触到的，与我过去的山村伙伴全然不同的新人。他对未来充满自信，活泼开朗，出口就是笑话，以致后来得了"牛皮"的美称。

　　记得那天黄昏时分过黑水洋，好些人开始晕船。我和程贤策爬上甲板，靠着船舷，迎着猛烈的海风，足下是咆哮的海水，天上却挂着一轮皎洁的明月。他用雄浑的男低音教我唱许多"违禁"的解放区歌曲，特别是他迎着波涛，低声为我演唱的一曲"啊！延安，你这庄严雄伟的古城……热血在你胸中奔腾……"，更是使我感到又神秘，又圣洁，真是无限向往，心醉神迷。他和我谈人生、谈理想，谈为革命献身的崇高的梦。我当时 17 岁，第一次懂得了什么是人格魅力的吸引。

北京不如我想象中的壮观、美丽，从山清水秀的故乡来到这里，只觉得到处是灰土。前门火车站一出来，迎面扑来的就是高耸尘封的箭楼，不免令人感到压抑。但是一进北大，情况就完全不同了。尽管特务横行，北京大学仍是革命者的天下。我们在校园里可以肆无忌惮地高歌："你是灯塔""兄弟们向太阳，向自由"，甚至可以公开演唱"啊，延安……"，北大剧艺社、大地合唱团、民舞社、读书会全是革命者的摇篮。那时北大文学院各系科的新生都住在城墙脚下的国会街，就是当年曹锟贿选、召开伪国会的"圆楼"所在地，当时称为北大四院，今天是新华社的办公地点。程贤策一到校就担任了北大四院的学生自治会主席，我也投入了党的地下工作。接着到来的是一连串紧张战斗的日子，我们都在工作中沉没，我和程贤策也就逐渐"相忘于江湖"。

直到三年后，我们又一起参加了农村的土地改革。那时，北大文、史、哲三系的绝大多数师生都去江西参加革命锻炼，我们和很少几个地方干部一起，组成了中南地区土改工作第十二团，一些著名学者如唐兰、废名、郑天挺等也都在这个团，参加了与贫下中农同吃、同住、同劳动的行列，程贤策则是这个团的副团长，掌管着全体北大师生的政治思想工作。

我们这些全然没有社会经验，也全然不懂得中国农村的知识分子和青年学生突然掌握了近十万农村人口的命运，甚至有了生死予夺的大权！我们当然只有绝对服从上级命令，绝对按照《土改手册》的条条框框行事。我被派为一个拥有四千多人口的大村的土改工作组组长，我当时不过 19 岁，经常为担当如此重任，内心深处感到十分茫然，十分缺乏自信，有时甚至浑身发冷！当时正值大反"和平土改"，上级指示：要把地主阶级打翻在地，踏上一万只脚，农民才能翻身。我们村已经按《手册》划出了八个"地主"，上级还是认为不够彻底。直接领导我们的、当地的一位副县长一再指出我们这个村是原"村公所"所在地，本来就是恶霸村长的"黑窝"，一定要狠批狠斗。他多次批评我们这些知识分子思想太"右"，手太软，特别我又是个"女的"，更是不行。他多次指示当务之急是要彻底打倒地主威风，重新"发动群众"。由于总感到我这个"女组长"极不得力，后来终于亲自出马，突然带了几个民兵来到我们村，宣布第二天开大会，八个地主统统就地枪决。我争辩说，《手册》规定只有罪大恶极的恶霸地主才判死刑，他说我们这里情况特殊，不这样，群众就发动不起来，又告诫我要站稳立场。我无话可说。第二天大会上，我亲眼看见好几个妇女在悄悄流泪，连"苦大仇深"的妇女主任也凑在我的耳边说："那个人不该死！"她说的是在上海做了一辈子裁缝的一个老头，他孤寡一人，省吃俭用，攒一点钱就在家乡置地，攒到 1949 年这一生死界限（土改以这一年占有的土地为标准划阶级），刚好比"小土地出租者"所能拥有的土地多了十余亩！这个裁缝并无劣迹，还常为家乡做些善事，正派老百姓都为他说情，但我们只能"按照规章办事"！我第一次面对面地看见枪杀，看见"陈尸三日"。我不断用"阶级斗争是残酷的"这类教导来鼓舞自己，但总难抑制心里说不清道不明的悲哀。好不容易支撑了一整天，晚上回到我所住的村公所，不禁瘫倒在楼梯角大哭一场。那时村公所只住着我和废名教授两个人，他住楼下，我住楼上。不知道什么时候，他来到我身边，把手放在我头上，什么也没有说。我抬起头，发现他也是热泪盈眶！

不久，工作团开全团"庆功会"，总结工作。我怀着满腔痛苦和疑虑去找程贤策。他已完全不是黑水洋上低唱"啊！延安……"的程贤策了。他显得心情很沉重，眼睛也已失去了昔日的光辉。但他仍然满怀信心地开导我，他说我们不能凭道德标准，特别是旧道德标准来对人对事。"土改"的依据是"剥削量"，"剥削量"够数，我们就有义务为被剥削者讨还血债。至于"量"多一点或少一点，那只是偶然，不可能改变事情的实质。恩格斯教导我们："认识必然就是自由"，有剥削，就有惩罚，这是必然，认识到这一点，你就不会有任何歉疚而得到心灵的自由。这番话对我影响至深，后来凡遇到什么难于承受的负面现象，我都努力将其解释为"偶然"，听毛主席的话则是顺从"必然"。程贤策又通过他自己的亲身经历告诉我他最近才认识到：由于我们的小资产阶级出身，我们应该对自己的任何第一反应都经过严格的自省，因为那是受了多年封建家庭教育和资产阶级思想侵蚀的结果。尤其是人道主义、人性论，这也许是我们参加革命的动机之一，但现在已成为马克思主义阶级学说的对立面，这正是我们"和党一条心"的最大障碍，因此，摆在我们眼前最重要的任务就是彻底批判人道主义、人性论。他的一席话说得我心服口服，不知道是出于我对他从来就有的信任和崇拜，还是真的从理论上、感情上都"想通了"。总之，我觉得丢掉了多日压迫我的、沉重的精神包袱,于是,在庆功总结大会上,我还结合自己的亲身体验和思想转变作了批判人道主义、人性论的典型发言。

虽然同在一个学校,而且他后来还担任了我所在的中文系党总支书记,但我再单独面对他,已是十年之后的事了。这十年发生了多大的变化啊! 1958 年,我已是人民最凶恶的敌人——极右派,被发配到京西丛山中一个僻远的小村落去和地、富、反、坏一起接受"监督劳动"。和我们在一起的还有到农村接受贫下中农再教育,并充当我们的监督者的"下放干部"。1961 年,几乎全国都沉落在普遍的饥饿中,许多人都因饥饿而得了浮肿。程贤策代表党总支到我们的小村落慰问下放干部。那时,横亘在我们之间的已是"敌我界限"!白天,在工地,他连看也没有看我一眼。夜晚,是一个月明之夜,我独自挑着水桶到井台打水。我当时一个人单独住在一个老贫农家。这是沾了"右派"的光。下放干部嫌我们是"臭右派"不愿和我们朝夕相处,就让六七个男"右派"集中住到一间农民放农具的冷屋中,女"右派"只我一人,原和四位女下放干部挤在一个炕上,她们大概总觉不太方便。例如有一次,她们冒着严寒,夜半去附近村落收购了很多核桃,用大背篓背回,连夜在屋里砸成核桃仁,准备春节带回家过年。收买农产品是下放干部纪律绝对禁止的，她们见我这个"敌人"无意中窥见了她们的秘密，不免有几分狼狈，又有几分恼怒，没几天就把我赶出屋去和一对老贫农夫妇同住。我和老大爷、老大娘同住一个炕上，他们待我如亲生女儿，我也把他们视同自己的父母。白天收工带一篮猪草，晚上回家挑满水缸，已成了我的生活习惯。我把很长很长的井绳钩上水桶放进很深很深的水井，突然看见程贤策向我走来。他什么也没有对我讲，只有满脸的同情和忧郁。我沉默着打完两桶水，他看着前方，好像是对井绳说："也难得有这样的机会，可以这样深入长期地和老百姓生活在一起。"过一会儿，他又说"党会理解一切"。迎着月光，我看见他湿润的眼睛。我挑起水桶扭头就走，惟恐他看见我夺眶而出的热泪！我真想冲他大声喊出我心中的疑惑："究竟发生了什么事？这一切究竟是为什么？这饥饿，这不平，难道就是我们青春年少时所立志追求的结果吗？"但我什么也没有说，我知道他回答不出，任何人也回答不出我心中的疑问。

时日飞逝，五年又成为过去。我万万没有料到我和程贤策的最后一次相见竟是这样一种场面！1966年"文化大革命"风起云涌，几乎北大的所有党政领导人都被定名为"走资本主义道路的当权派"，被揪上了"斗鬼台"。身为中文系党总支书记的程贤策当然也不能例外。记得那是六月中旬酷热的一天，全体中文系师生都被召集到办公楼大礼堂，这个大礼堂少说也能容纳八百人，那天却被挤得水泄不通，因为有许多外系的革命群众来"取经"。我们这些"监管对象"牛鬼蛇神，专门被强制来看"杀鸡"的"猴儿"——有幸被"勒令"规规矩矩地坐在前三排，亲身观看，接受教育。忽然，一声呼啸，程贤策被一群红卫兵拥上主席台。他身前身后都糊满了大字报，大字报上又画满红叉，泼上黑墨水，他被"勒令"站在一条很窄的高凳（就是用来支铺板铺床的那种）上，面对革命群众，接受批判。我坐在第二排，清楚地看到他苍白的脸，不知是泪珠还是汗水一滴一滴地流下来。批判很简短，走资派、地主阶级的孝子贤孙、文艺黑线的急先锋、招降纳叛的黑手、结党营私的叛徒等罪名都在预料之中，但"深藏党内的历史反革命"却使我骤然一惊，接着又有人批判说他是国民党青年军打入共产党的特务。我这才想起来，他曾和我们说起过他十六七岁时，为了抗日，曾去缅甸参加过抗日青年军，这并不是什么秘密，他曾不止一次地和许多人聊天，当众夸耀他游泳的技术多么棒，如何多次横渡缅甸的伊洛瓦底江！这能是"深藏"的"特务"吗？我正在百思不得其解，又一声呼啸，程贤策被簇拥下台，一顶和他的身高差不多的纸糊白帽子被扣在他的头上，顿时又被泼上红墨水、黑墨水，墨水掺和着汗水流了一脸！革命群众高喊革命口号，推推搡搡，押着程贤策游街，我目送他慢慢远去，根本挪不动自己的脚步！

这一天的革命行动终于告一段落，我们都被放回了家。我家里还有幼小的孩子，急急忙忙回家买菜做饭，头脑里是一片空白！我去小杂货铺买酱油时，突然发现程贤策正在那里买一瓶名牌烈酒。他已换了一身干净衣服，头发和脸也已洗过。他脸色铁青，目不斜视，从我身边走过，我不知道他是真的没有看见我，还是视而不见，还是根本不想打招呼。总之，他就是这样从我身边走过，最后一次！我当时默默在心里为他祝福："喝吧，如果酒能令你暂时忘却这不可理解的、屈辱的世界！"

我们那时生活非常艰难，每天都被"勒令"在烈日之下趴在地上拔草十来个小时，同时接受全国各地来串联的革命小将的批斗（包括推来搡去和各种千奇百怪的"勒令"）。就在这样的情景下，全国最优秀的翻译家之一，曾为周总理翻译的吴兴华教授中暑死了；著名的历史学家，北大图书馆馆长向达教授被"勒令"收集革命小将们扔得满校园的西瓜皮，晕倒在地，未能得到及时救治，也死了。在这重重噩耗中，我的心已经麻木冻僵，似乎已经不再会悲哀。后来，我被告知我心中的那个欢快、明朗，爱理想、爱未来的程贤策就在我买酱油遇见他的第二天，一手拿着那瓶烈酒，一手拿着一瓶敌敌畏，边走边喝，走向香山的密林深处，直到生命的终结。当"大喇叭"在全校园尖声高喊"大叛徒、大特务程贤策自绝于党，自绝于人民，罪该万死，死有余辜"时，我已经没有眼泪，也没有悲哀，只是在心里发愁：程贤策的尸体差不多两天后才被发现，在这酷热的盛夏，在那人人要划清界限，惟恐沾身惹祸的日子里，程贤策的妻子怎样才能把他的尸体从那幽深的密林送到火葬场啊?!

　　1948 年，我和程贤策一起来到北京大学，这里有我们的青春，我们的梦，我们的回忆，也有无数我们对生活、对苍天的疑问。这一切，连同那一曲迎风高歌的"啊! 延安……"都将化为烟尘，随风飘散，再无踪影，只有那黑水洋上翻滚的波涛和那无垠星空中一轮皎洁的明月将永远存留在我心底。

1948年初进北大

我们终于整理好队伍，满怀激情地走出前门火车站。北京第一次映入我眼帘的是灰扑扑的前门箭楼和楼下伏在灰土中悠闲地嚼着草料的和善的骆驼！接着是打着大红旗来迎接我们的北大学生自治会同学们。我们争相扛着北大校旗，登上卡车，老同学们领唱起高昂的歌曲，好些是我们在黑水洋的轮船上学会唱的包括"山那边呀好地方，穷人富人都一样……年年不会闹饥荒""解放区的天是明朗的天，解放区的人民好喜欢"，还有"你是灯塔，照亮着黎明前的海洋……"，等等。冒着扑面而来的风沙，在飞驰的大卡车上，高唱起这些在内地绝对违禁的歌曲！我激动极了，眼看着古老的城楼，红墙碧瓦，唱着在内地有可能导致被抓去杀头的禁歌，真觉得是来到了一个在梦中见过多次的自由的城！

热情的老同学把我们迎到北大四院。北大文法学院一年级学生都集中在国会街北大四院学习和生活，一年后才迁入沙滩校本部。四院原是北洋军阀曹锟的官邸，这里紧靠宣武门城墙根，范围极大，有很多林木花草，能容纳数百人学习和生活，四院大礼堂就是当年曹锟贿选的地方。当时全国正处于解放战争的高潮，然而相对于1947年轰轰烈烈的北京学生运动来说，彼时的北京却是一个相对平稳的时期。

大学三年级照

虽然，我的大学生活，精确说来，只有五个月，但这却是我一生中少有的一段美好时光。我投考所有大学，报的都是英文系，可是，鬼使神差，北京大学却把我录取在中文系。据说是因为沈从文先生颇喜欢我那篇入学考试的作文。谁知道这一好意竟给我带来了20年噩运，此是后话。全国最高学府浓厚的学术气氛，老师们博学高雅的非凡气度深深地吸引着我。我们大学一年级的课程有：沈从文先生的大一国文（兼写作）；废名先生的现代文学作品选；唐兰先生的说文解字；齐良骥先生的西洋哲学概论；还有一门化学实验和大一英文。大学的教学和中学完全不同，我觉得自己真是沉没于一个从未经历过的全新的知识海洋。我非常喜欢听这些课，总是十分认真地读参考书和完成作业，特别喜欢步行半小时，到沙滩总校大实验室去做化学实验。可惜1949年1月以后，学校就再也不曾像这样正式上课了。现在回想起来，说不定正是这五个月时光注定了我一辈子喜欢学校生活，热爱现代文学，崇尚学术生涯。

我最喜欢的课是沈从文先生的大一国文和废名先生的现代文学作品选。沈先生用作范本的都是他自己喜欢的散文和短篇小说，从来不用别人选定的大一国文教材。他要求我们每两周就要交一篇作文，长短不拘，题目则有时是一朵小花，有时是一阵微雨，有时是一片浮云。我们这个班大约27人，沈先生从来都是亲自一字一句地改我们的文章，从来没有听说他有什么代笔的助教、秘书之类。那时，最让人盼望的是两三周一次的发作文课，我们大家都是以十分激动的心情等待着这一个小时的来临。在这一小时里，先生总是拈出几段他认为写得不错的文章，念给我们听，并给我们分析为什么说这几段文章写得好。得到先生的夸奖，真像过节一样，好多天都难以忘怀。

废名先生讲课的风格全然不同，他不大在意我们是在听还是不在听，也不管我们听得懂听不懂。他常常兀自沉浸在自己的遐想中。上他的课，我总喜欢坐在第一排，盯着他那"古奇"的面容，想起他的"邮筒"诗，想起他的"有身外之海"，还常常想起周作人说的他和一只"螳螂"相似，于是，自己也失落在遐想之中。现在回想起来，这种类型的讲课和听课确实少有，它超乎于知识的授受，也超乎于一般人说的道德的"熏陶"，而是一种说不清、道不明的"感应"和"共鸣"。1949年后，这样的课当然难于存在，听废名先生的课的人越来越少，他曾讲得十分精彩的"李义山诗的妇女观"终由于只有三个学生选修而被迫停开了。

唐兰先生的《说文解字》课最难懂，这不仅是因为他讲课的内容对我来说全然陌生，而且是因为他的地道的无锡方言对我这个来自"黔之驴"之乡的山里人来说实在是太难以跟踪了。上他的课，我总是坐在最后一排，不是打瞌睡，就是看别的书，前面总有几个高大的男生把我挡得严严实实。我满以为个子矮胖的唐兰先生不会发现，其实不然。两年后，我们一起去江西参加土地改革，我们偶然一起走在田间小路上，我寒暄说："唐先生，你记得我吗？我选过你的

'说文解字'课。"在那阶级斗争烽烟遍野的氛围里，"说文解字"显得多么遥远，多么不合时宜啊！唐先生笑笑说："你不就是那个在最后一排打瞌睡的小家伙吗？"我们两人相对一笑，从相互的眼睛里，看到那一段恍若隔世的往事！没有想到过了几天，忽然来了一纸命令，急调唐兰先生立刻返回北京，接受审查。那时，城市里反贪污、"打老虎"的运动正是如火如荼，有消息传来，说唐先生倒卖文物字画，是北大数得上的特大"老虎"！后来，土地改革胜利结束，我们作完总结，"打道回府"，听说唐兰先生还在接受审查，问题很严重。过不久，又听说唐兰先生其实没有什么问题，无非是"事出有因，查无实据"。又过了一段时间，听说唐兰先生已经离开了人世。

如今，很多年已经过去，继唐兰先生之后，废名先生也在"文化大革命"中凄凉故去，倒是沈从文先生活到了好时候，然而，不幸的是1949年以后，先生截然弃绝了教室和文坛，我是不是他的最后一届学生也已无从考查了。

在四院我们白天正规上课，晚上参加各种革命活动。我参加了一个学生自己组织的，以读艾思奇的《大众哲学》为中心的读书会。我的最基本的马克思主义观念就是在这里获得的。当时，我认为矛盾斗争、普遍联系、质量互变、否定之否定、经济基础决定上层建筑等等都是绝对真理，并很以自己会用这些莫测高深的词句来发言而傲视他人。读书会每周聚会两次，大家都非常严肃认真地进行准备和讨论。我还参加了一周一次的俄语夜校，由一个不知道是哪儿来的白俄授课。后来，在那些只能学俄语、不能学英语的日子，当大家都被俄语的复杂语法和奇怪发音弄得焦头烂额时，我却独能轻而易举地考高分，就是此时打下的基础。

我喜欢念书，但更惦记着革命。1949 年 1 月以前，我们都还能安安静静地念书，只搞过一次"争温饱，要活命"的小规模请愿。这比"反饥饿，反迫害"运动要缓和得多了。记得在这次运动中，我跟着大家，打着红红绿绿写着标语口号的小旗，从四院步行到沙滩校本部去向胡适校长请愿。那时，校本部设在一个被称为"孑民堂"的四合院中。我们秩序很好地在院里排好队，胡适校长穿着一件黑色的大棉长袍，站在台阶上接见我们。他很和气，面带忧伤。我已忘记他讲了什么，只记得他无可奈何的神情。这次请愿的结果是：凡没有公费的学生都有了公费，凡申请冬衣的人都得到了一件黑色棉大衣。这件棉大衣我一直穿到大学毕业。

1949 年 1 月解放军围城，我们开始十分忙碌起来。随着物价高涨，学生自治会办起了"面粉银行"，我们都将手中不多的钱买成面粉存在银行里以防长期围城，没有饭吃。记得我当时早已身无分文，母亲非常担心。也不知道她通过什么门路，在贵阳找到一个在北京开有肉店分店的老板。母亲在贵阳付给这位老板六十斤猪肉的钱，他的分店就付给我值同样多斤猪肉的钱。这可真救了我的急，使得在"面粉银行"中，也有一袋属于我的面粉。我们又组织起来巡逻护校，分头去劝说老师们相信共产党，不要去台湾。我的劝说对象就是沈从文先生。我和一位男同学去到他家，我最突出的印象就是他的妻子非常美丽，家庭气氛柔和而温馨。他平静而不置可否地倾听了我们的劝说，我当时的确是满腔热情，真诚地对未来充满信心，但对于曾有过20世纪30年代经验的他来说，大概会觉得幼稚而空洞罢。后来，胡适派来的飞机就停在东单广场上，名单中有沈从文、汤用彤、钱思亮等人，机票都是给全家人的。但是，沈从文和许多名教授一样，留了下来。也许是出于对这一片土地的热爱，也许是出于对他那宁静的小家的眷恋，也许是和大家一样，对共产党和未来估计得过于乐观，总之，他留了下来，历尽苦难。

这时，我又参加了北大剧艺社和民舞社，全身心地投入了我从未接触过的革命文艺。我一夜一夜不睡觉，通宵达旦地看《静静的顿河》《钢铁是怎样炼成的》，高尔基的《母亲》，还有马雅可夫斯基的诗。我们剧艺社排演了苏联独幕剧《第四十一》。我担任的职务是后台提词。剧本写的是一位红军女战士在革命与爱情之间痛苦挣扎，最后不得不亲手开枪打死她心爱的蓝眼睛——白军军官，每次排练至此，我都会被感动得热泪盈眶。

民舞社每周两次，由总校派来一位老同学教我们学跳新疆舞。记得我最喜欢的舞蹈是一曲两人对舞，伴唱的新疆民歌也非常好听。歌词大意大概是这样：

男："温柔美丽的姑娘，我的都是你的，你不答应我要求，我将每天哭泣。"

女："你的话儿甜似蜜，恐怕未必是真的，你说你每天要哭泣，眼泪一定是假的。"

男："你是那黄色的赛布德（一种带刺的花），低头轻轻地摘下你，把你往我头上戴，看你飞到哪里去！"

女："赛布德花儿是黄的，怕你不敢去摘它，黄色的花儿头上戴，手上的鲜血用啥擦？"

男："头上的天空是蓝的，喀什喀尔河水是清的，你不答应我要求，我向那喀什喀尔跳下去！"

女："你的话儿真勇敢，只怕未必是真的，你从那喀什喀尔跳下去，我便决心答应你！"

这些美丽的歌舞与隐约可闻的围城的隆隆炮声和周围紧张的战斗气氛是多么不协调啊！但它们在我心中却非常自然地融为一体。我白天如痴如醉地唱歌跳舞，晚上就到楼顶去站岗护校或校对革命宣传品。那时北大的印刷厂就在四院近邻，深夜，革命工人加班印秘密文件和传单，我们就负责校对，有时在印刷厂，有时在月光下。我印象最深的是校对一本小册子，封面用周作人的《秉烛夜谈》作伪装掩护，扉页上醒目地写着："大江流日夜，中国人民的血日夜在流！"这是一个被国民党通缉的北大学生到解放区后的所见所闻。称得上文情并茂，感人至深。

1949年1月29日中国人民解放军辉煌地进入北京城，我们全校出动，到大街上迎接解放军。北大师生原来分配到最好的位置。但北大的作风一向拖拉，以至如此重大的历史时刻竟然迟到！我们唱着歌，踩着舞步，向前挤！我终于挤到最前沿，用手摸了摸正在慢行的发烫的坦克，给半身探出车窗的解放军战士一杯早已准备好的热水。解放军战士接过晃动的水杯，对我微微一笑！我从心里感到那么幸福，那么荣耀！

我的生活自此翻开了全新的一页。"新社会"给我的第一个印象就是延安文工团带来的革命文艺。谈情说爱的新疆歌舞顿时销声匿迹，代之而起的是响彻云霄的西北秧歌锣鼓和震耳欲聋的雄壮腰鼓。文工团派人到我们学校来辅导，并组织了小分队。我们大体学会之后，就到大街上去演出。有时腰上系一块红绸扭秧歌，有时背着系红绳的腰鼓，把鼓点敲得震天响。市民们有的报以微笑和掌声，有的则透着敌意和冷漠。我们却个个得意非凡，都自以为是宣告旧社会灭亡，新社会来临的天使和英雄。印象最深的是延安文工团来四院演出《白毛女》的那天，曾经是军阀曹锟贿选的圆柱礼堂（当时称为"园楼"）里外三层，挤得水泄不通。我们真是从心眼儿里相信"旧社会把人变成鬼，新社会把鬼变成人"。善良的农民用自己的劳动血汗养活了全人类，却被压在社会最底层！如今，他们"翻身做了主人"！还有什么能比这更伟大，更神圣呢？

就在这几乎是"万众一心"的时候，四院却发生了一件不能不载入校史的大事。这就是"护校运动"。共产党进城后，需要很多地方来安置各种机构，因此决定要北大让出四院，学生全部并入总校校址。这引起了一小部分学生的坚决反对和抗议。他们认为四院是北大校产，不能随便放弃，政府不能任意征用学校的财产和土地。他们四处呼吁，又贴墙报，又开辩论会，还威胁说要组织游行，眼看就要酿成一个"事件"！共产党四院组织决定"加强领导"，通过自己的地下组织予以坚决回击。总之是说他们挑衅闹事，有意制造事端，反对新政权；又把他们平常生活中的各种"不检点"，用墙报贴了出来。这些人一下子就"臭"了。于是我们大获全胜，浩浩荡荡迁入了总校所在地——沙滩。四院则成了新华社的大本营，一直到今天。

快乐的沙滩

我们 1948 级，原有 27 名学生。还在四院时，就有很多同学在参观解放军某部后参加了解放军，"护校运动"后，又有一些人参加了"南下工作团"。迁入总校时，我们班实际只剩了 5 个同学。好在学校"面目一新"，课程完全不同了。中国革命史和政治经济学都是一两百人的大班上课，俄语和文学理论课则将中文系的三十几个同学编成了一个班。过去的课程都没有了，听说废名先生在被通知停开他最得意的"李义山诗的妇女观"一课时，还流了眼泪。新派来的系主任杨晦先生是著名的左派文艺理论家，但我们对他一无所知，只知道他的妻子比他年轻 20 岁，是西北某大学的校花。他讲的文学理论，我们都听不懂；晚上，他还将我们组织起来学习《共产党宣言》，一周三次，风雨无阻。

我俄语学得不错，政治课发言又总是热血澎湃，满怀"青春激情"，于是很快当上了政治课小组长。记得一个难忘的夜晚，已是 11 点多钟，我突然被叫醒，由一个不认识的男生带到红楼门口，一辆闪亮的小轿车正停在那里。我们四个人钻进车厢，车就飞驰而去。我们被带进一个陈设豪华的小客厅。我从未坐过小轿车，更从未见过这样的堂皇富丽，又不知道为什么来到这里，心里真是又好奇，又慌乱，又兴奋！等了一会，又高又大的彭真市长踱了进来。原来是市长同志亲自过问政治课教学情况，让我们最基层的小组长直接来汇报。我对彭真市长的印象很好，觉得他亲切、坦直、真诚。他大概对我的印象也不错，我大学毕业时，曾有消息说要调我去做彭真的秘书，并把档案也调走了，但不知什么原因没有去成，档案也从此遗失。如果去成了，我就会完全变成另一个人，我可能不会当20年右派，也可能在"文化大革命"中成为彭真的"黑爪牙"而遭受更大的不幸。

然而谁又能预知未来？反正1948年和1950年，我的生活算得上称心如意。我开始给北京《解放报》和《人民日报》写稿，无非是报道一些学校生活，新鲜时尚；有时也写一点书评，多半是评论一些我正在大量阅读的苏联小说。记得有一篇评的是长篇苏联小说《库页岛的早晨》，标题是："生活应该燃烧起火焰，而不只是冒烟！"这倒是说明了我在很长一段时间里所持的人生观。也就是说，与其凑凑合合地活着，不如轰轰烈烈干一场就去死。

　　1950年暑假，发生了一件我完全意想不到的事。有一天，我突然被通知立即到王府井大街拐角处的中国青年联合会报到，只带几件换洗衣服和洗漱用具。和我一起报到的，有来自全国各地的20余名学生（也有几个并非学生）。我们就这样仓促组成了参加第二届世界学生代表大会的中国学生代表团！团长是团中央的一位大官，秘书长却是我们大家都很崇敬的地下学生运动领导人柯在铄。他曾被国民党全国通缉，却传奇式地逃到了解放区，他后来也当了大官，20世纪80年代成了《香港特别行政区基本法》起草委员会的重要成员。代表团人才倒也齐全，有来自音乐、美术、戏剧等专业院校的学生，也有来自工厂和部队的代表，还有内蒙古和西藏的学生干部。其中也出了一些名人，如大音乐家吴祖强；著名的西藏地方官宦爵才郎；16岁的新疆小姑娘法吉玛，她后来成了新疆电影制片厂的名演员，后来又在"文化大革命"中莫名其妙地死于非命。

　　我们从满洲里出国门，将近十来天，火车一直穿行在莽莽苍苍的西伯利亚原始森林之中。贝加尔湖无边无际地延伸开去，我教大家唱我最爱唱的流放者之歌："贝加尔湖是我们的母亲，她温暖着流浪汉的心，为争取自由挨苦难，我流浪在贝加尔湖滨。"又唱高尔基作词的《囚徒之歌》:"太阳出来又落山,监狱永远是黑暗,监守的狱卒不分昼和夜,站在我的窗前! 高兴监视你就监视,我决逃不出牢监,我虽然生来喜欢自由,斩不断千斤铁链。"我心里活跃着从小说中看来的各种各样为自由在西伯利亚耗尽年华的不幸的人们——十二月党人和他们的妻子,陀思妥耶夫斯基和托尔斯泰笔下的被流放的人群。我满心欢喜,深深庆幸那些苦难的日子已经成为过去,仿佛辉煌灿烂的世界就在眼前,真想展开双臂去拥抱自由美好的明天! 至于斯大林屠刀下的新鬼和不计其数的新的被流放的政治犯,我当时确实是一无所知。

作为社会主义大家庭的新的一员,我们在沿路车站都受到了极其热烈的欢迎。到处是红旗飘扬,鲜花环绕。人们欢呼着,高唱国际歌,双方都感动得热泪盈眶! 我们先在莫斯科、列宁格勒、基辅等地参观,然后去布拉格开会。记得刚到莫斯科的那个晚上,尽管团长三令五申,必须集体行动,我和柯在铄还是忍不住在夜里 11 点,偷偷来到红场列宁墓,一抒我们的类似朝圣的崇拜之情。俄罗斯的艺术文化给我留下了极其深刻的印象,特别是那些非常美丽的教堂的圆顶。但我们却不被准许走近教堂,只能远远地欣赏。我们也去过图书馆、画廊、工厂、集体农庄,"苏联的今天就是我们的明天",我对此深信不疑。

虽说我们到布拉格是为了参加世界学生代表大会,但我对大会似乎一无所知。只记得大会发言千篇一律,也不需要我们讲话。我乐于坐在座位上东张西望,观察我周围的一切;再就是拼命高呼"Viva！Stalin！"(斯大林万岁),高唱会歌,不断地吃夹肉面包喝咖啡。当时苏联老大哥的地位至高无上,记得我们经常要听他们的指示。我因懂一点俄语,有时就被邀请参加这种中午或深夜的小会。老大哥们都非常严肃,常是昂首挺胸,板着脸。我对此倒也没有什么抵触,似乎他们就应该是那副样子,我们对他们的敬重也是理所当然。

在国外的一个月很快就过去了。回国前两天,我突然被秘书长召见。他问我是否愿意留在全国学联驻外办事处工作,待遇相当优厚,还有机会到莫斯科大学留学。我对此一口回绝,自己也说不清是什么原因。我虽然积极参加各种革命工作,但内心深处却总是对政治怀着一种恐惧和疏离之情。这种内心深处的东西,平常我自己也不察觉,但在关键时刻却常常决定着我的命运。

历史的错位

　　1952 年毕业，留校工作，是幸运还是不幸？不管怎样，我当时可是为能留在北大工作而兴高采烈！我担任了北大中文系首任系秘书，协助系主任工作。第一个任务就是贯彻"院系调整"的中央决定。许多著名教授都被派去"支边"了，如著名小说《玉君》的作者杨振声教授、废名教授、萧雷南教授等。中文系"支边"的重点是内蒙古和吉林。让这些年过半百的老先生去到遥远陌生的、艰苦的边地，实在不是一件容易的事！但并没有听到任何反抗的声音，只记得听"思想汇报"时，有人反映教授发牢骚说，真想到哪里去隐居，但现在土地国有，哪里有地方去归隐田园？寺庙地产也已没收，当和尚也没处去了！

　　"院系调整"使北大许多院系被肢解，砍掉了多年经营的医学院、农学院和工学院！卓有成绩的清华文科，包括外语系科也被打散，合并到其他有关大学，这不能不说是世界教育史上的大败笔，大大伤了中国教育发展的"元气"，这绝不是50年后的"院系大合并"所能弥补的!现在看来,遣散也罢,合并也罢,都只能说明教育决策的无知和轻率。

大学毕业照

"院系调整"后,北大的标志性建筑,沙滩的红楼、孑民堂和民主广场,不管有多少历史意义,也被从北大剥夺。北大旧址则拨给了中宣部和党刊《红旗》杂志社。1952年夏,北京大学全部从沙滩迁到了郊区的燕京大学旧址。燕京大学和辅仁大学、中法大学等则被从历史上一笔勾销。

此后,北京大学成了最敏感的政治风标,一切冲突都首先在这里尖端放电。总之是阶级斗争不断:批判《武训传》,批判俞平伯,批判胡适,镇压反革命,镇压"胡风集团",接着又是肃清反革命……

　　记得 1955 年夏，我头脑里那根"阶级斗争的弦"实在绷得太紧，眼看就要崩溃了。我不顾一切，在未请准假的情况下，私自回到贵阳老家。再见花溪的绿水青山，我好像又重新为人，不再只是一个"政治动物"。父母非常看重我的"衣锦荣归"，总希望带我到亲戚朋友家里去炫耀一番。可是我身心疲惫，我太厌倦了！只好拂父母一片美意，成天徜徉于山水之间，纵情沉迷于儿时的回忆。逍遥十天之后，一回校就受到了批判，罪名是在阶级斗争的关键时刻，临阵脱逃。

　　从此，领导不再让我去做什么重要的政治工作，我则十分乐于有时间再来念书。恰好 1956 年是全民振奋，向科学进军的一年。我竭尽全力教好我的第一次高班课，大学四年级的中国现代文学史。大学毕业后，我就选定现代文学作我的研究方向，我喜欢这门风云变幻、富于活力和挑战性的学科。我的老师王瑶曾劝告我，不如去念古典文学，研究那些已死之人写的东西。"至少那些已去世的作者对你的分析和评价不会跳起来说：不对，我不是那样想的！现代文学可难了，如果你想公平、正直地评述，那么，活着的作者，或作者的家人、朋友就会站起来为他辩护，说东道西"。我后来为此很吃了些苦头，但当时我并没有听他的话，我还是选择现代文学作为我毕生的事业。

1956年，是我在教学研究方面都大有收获的一年，我研究鲁迅、茅盾、郭沫若、曹禺，极力想法突破当时盛行的"思想内容加人物性格"的分析方法和不切实际地追索"思想意义、教育意义和认识意义"的研究模式。我的长文"现代中国小说发展的一个轮廓"在当时发行量最大的文艺杂志《文艺学习》上多期连载。我自以为终于走上了正轨，开始了自己深爱的学术生涯。当时，在刘少奇和周恩来的关注下，学校当局提倡读书，我还曾被授予"向科学进军"模范、"读书标兵"之类的称号。这年春天，毛泽东提出了百家争鸣、百花齐放的方针，知识分子更是为此激动不已，以为"早春天气"真的到来！

1952年，我是中文系最年轻的助教，是新中国成立后共产党培养起来的第一代"新型知识分子"。我也以此自豪，决心做出一番事业。到了1957年，中文系陆续留下的青年教师已近20名，我所在的文学教研室也已有整10名。当时人文科学杂志很少，许多杂志又只发表学已有成的老先生的文章，年轻人的文章很少有机会发表。我们几个人一合计，决定在中文系办一个中型学术刊物，专门发表年轻人的文章。我们开了两次会，商定了最初两期刊物准备用的文章，并拟定了文章标题；大家都非常激动，以为就要有自己的刊物了。后来又在刊物名称上讨论了很久，有的说叫"八仙过海"——取其并无指导思想，只重"各显其能"之意；有的说叫"当代英雄"——当时俄国作家莱蒙托夫创造的那个才气横溢，却不被社会所赏识的"当代英雄"别却林，在大学年轻人中，正是风靡一时。会后，大家分头向教授们募捐，筹集经费。这时，已是1957年5月初。我的老师王瑶先生是一个绝顶聪明而又善观形势的人，他警告我们立即停办。我们还莫名其妙，以为先生不免小题大做，对共产党太不信任。

　　然而，历史自有它的诡吊，这一场"千古大手笔"的"阴谋"伤透了中国知识分子的心，使他们的幻想从此绝灭。我们参加办刊物的八个人无一幸免，全部成了"右派"。因为，图谋办"同仁刊物"本身就是"想摆脱党的领导"，想摆脱党的领导，就是反党！况且我们设计的刊物选题中还有两篇大逆不道的东西：一篇是"对延安文艺座谈会上讲话的再探讨"，拟对文艺为政治服务，思想性第一、艺术性第二等问题提出一些自己的看法。按反右的逻辑，这当然是反党，反毛泽东思想。第二是一篇小说，标题是《司令员的堕落》。作者是《人民日报》派来进修的，当时是中文系进修教师的党支部书记。他16岁就给一位将军当勤务员。这位将军后来因罪判刑。伺候了将军半辈子的勤务员，很想写出这一步步堕落的过程，以资他人借鉴。但按反右逻辑，这就是诬蔑我党我军，"狼子野心，何其毒也！"

就这样，新中国成立后文学教研室留下的十名新人，九个成了右派。右派者，敌人也，非人也！一句话，只配享受非人的待遇。尤其是我，不知怎么，一来二去竟成了右派头目，被戴上"极右派"的帽子，开除公职，开除党籍，每月16元生活费，下乡监督劳动！

1958年秋天，我抛下刚满8个月的儿子，被押解到北京远郊门头沟区的崇山峻岭之中。当时正值"大跃进"高潮，我们每天除正常工作8小时外，还有早战和夜战，有时劳动到深夜！我们的任务是从高山上把石头背下来，修水库，垒猪圈。我尽全力工作，竟在劳动中感到一种焕发，除了专注于如何不要滑倒，不要让石头从肩上滚下来，大脑可以什么也不想。累得半死，回住处倒头一睡，千头万绪，化为一梦，倒也有另一种自在！我越来越感到和体力劳动亲近，对脑力劳动逐渐产生了一种憎恶和厌倦，尤其是和农民在一起的时候！

这几年，正值全国范围内无边无际的大饥饿，我们每天吃的东西只有杏树叶、榆树叶，加上一点玉米渣和玉米芯磨成的粉。后来，许多人得了浮肿病，我却很健康。我想，这一方面是因为别人不大会享受那种劳动的舒心和单纯，成天愁眉苦脸；另一方面大概也是得益于我是一个女"右派"。那时，男"右派"很多，他们只能群居在一间又阴又黑的农民存放工具的冷房里；而女"右派"只有我一人，既不能男女杂居，就只好恩准我去和老百姓同住。他们替我挑了一家最可靠的老贫农翻身户，老大爷大半辈子给地主赶牲口，50多岁，分了地主的房地、浮财，才有可能娶一个老大娘过日子。老两口都十分善良，竟把我当亲女儿般看待，我也深深爱上了这两个受苦的人。老大爷给生产队放羊，每天在深山里转悠，山上到处都有核桃树，树上常有松鼠成群。老人常在松鼠的巢穴中，掏出几个核桃，有时也捡回几粒漏收的花生、半截白薯、一棵玉米。隔不几天，我们就可以在一起享受一次这些难得的珍品。老大娘还养了三只鸡，鸡蛋除了应卖的销售定额，总还会剩余几个；让我们一个月来上一两次鸡蛋宴，一人吃三个鸡蛋！

由于我不"认罪"，我不知道有什么罪，因此我迟迟不能摘掉右派帽子，也不准假回家探亲，虽然我非常非常想念我的刚满周岁的小儿子！直到1961年初，大跃进的劲头已过，饥饿逐渐缓解，水库被证明根本蓄不了水，猪回到了各家各户，集体猪圈也白修了，农村一下子轻松下来。我也被分配了较轻松的工作，赶着四只小猪满山遍野寻食，领导者意在创造一个奇迹——不买粮食也能把猪养肥。从此，我每天日出而作，日落而息。一早赶着小猪，迎着太阳，往核桃树成林的深山走去。我喜欢这种与大自然十分贴近的一个人的孤寂，然而，在这种情形下，不思考可就很难做到了。思前想后，考虑得最多的就是对知识分子的生活着实厌倦了。特别是那些为保全自己而出卖他人的伎俩，那些加油加醋、居心叵测的揭发……我为自己策划着未来的生活，以为最好是找一个地方隐居，从事体力劳动，自食其力。然而，正如"院系调整"时那位教授所说的，一没有粮票，二没有户口，到哪里去隐居呢？寺庙、教堂早已破败，连当"出家人"也无处可去了。人的生活各种各样，我从来没有像现在这样深入了解过农民的生活。他们虽然贫苦，但容易满足。他们像大自然中的树，叶长叶落，最后还是返回自然，叶落归根。我又何必一定要执着于过去的生活，或者说过去为将来设计的生活呢？转念一想，难道我真能主宰自己的生活吗？在中国，谁又能逃脱"螺丝钉"的命运？还不是把你摁到哪里就是哪里！想来想去，还是中国传统文化帮了忙："达则兼济天下，穷则独善其身"，随遇而安，自得其乐。我似乎想明白了，倒也心安理得，每天赶着小猪，或引吭高歌，长啸于山林，或拿个小字典，练英语，背单词于田野。

1962 年年底，我奉命返回北京大学，恢复公职，职务是资料员。据说是为了避免再向纯洁的学生"放毒"，我再也不能和学生们直接接触了。我的任务是为上课的教员预备材料，注释古诗。这对我来说，倒真是因祸得福。一来我可以躲在资料室的书堆里，逃过别人的冷眼；二来我必得一字一句，对照各种版本，求得确解。这是硬功夫，大大增强了我的古汉语功底；三来这些极美的诗唤起了我儿时的回忆，给我提供了一个可以任意遨游的世界。可惜好景不长，据说经过考验，我的"毒性"已过，不到一年，又让我"重返神圣的讲台"。分配给我的课程是政治系的"政论文写作"。如此具有崇高政治性的课程，怎么让一个"摘帽右派"去承担？我真的受到了惊吓！后来我逐渐懂得了其中奥妙。中文系的人原来就不喜欢教写作课，因为要花很多时间改作文，对自己的研究实绩没有什么好处，不能写书，提职称就成了问题。况且"政论文写作"是新课，谁也不知如何开，加之一碰到政治，大家都心惊胆战，怕"犯错误"，于是这一光荣重任就落在了我的肩上。

我果然又出了差错。1964 年夏，学生们暑假后从家乡回来，我给的作文题目是：就自己的耳闻目睹发一些议论。大部分文章都是歌功颂德，唯独班上的共青团书记，写的却是家乡大跃进和共产风给老百姓带来的危害，并从理论上讨论了杜绝这种危害的可能性。文章写得文情并茂，入情入理，而且与我在农村的经历全然相合。我当然给了高分，并让他在全班朗读，得到了同学一致好评。

不久，全国大反右倾翻案风开始，我一下子就被揪了出来，成为煽动学生恶毒攻击"三面红旗"（大跃进、人民公社、总路线）的头号"典型"，我的例子还说明"右派人还在，心不死"，随时准备"翻天"！我从此再度被逐出讲台，并被"监督"起来。最使我难过的是那位团支部书记本来可以飞黄腾达的，却因此被开除了团籍，毕业分配大受影响，分到了一个穷山恶水的异乡（他做得很出色，20世纪80年代当了那里的县长）；更遗憾的是他班上的一位同学拿了这篇文章到其他系的同学中去宣读，于是有了"聚众煽动"的嫌疑，又听说他还有什么别的"背景"，不久就被抓进监牢，后来不知所终。

就这样，迎来了1966年"史无前例""震撼世界"的无产阶级文化大革命！大革命一开始，我是翻天"右派"，我丈夫是"走资派黑帮"，我们转瞬之间就被"打翻在地，踏上一万只脚"，不但家被查抄，每天还要在烈日之下"劳改"挨斗。但是我们确实曾经真的从心里为这次"革命"欢欣鼓舞，尤其是得知这次大革命的伟大统帅下令从上到下撤销各级党组织，并且说，你们压了老百姓那么多年，老百姓起来放把火，烧你们一下，有何不可？这真是大快人心，我似乎预见到中国即将有天翻地覆的大变化了。当时还广泛宣传巴黎公社原则，这就意味着党和国家领导人的工资不得超过技术工人的最高工资，意味着全民选举、人民平等。我们都想，如果国家真能这样，在这新生命出现的阵痛中，个人受点苦，甚至付出生命，又算得了什么？后来才明白，这些都不过是一种幌子，和以往一样，我们又受骗了。我们付出了极高代价，但是，一无所获，倒是国家大大伤了元气！当然，话又说回来，如果没有"文化大革命"，"走资本主义道路当权派"的路就没有走绝，就不会有对历次政治运动、特别是反右运动的平反，不会有"四人帮"的倒台，不会有人们的破除迷信、独立思考，也不会有今天的改革开放。因此，如果真有人高呼"无产阶级文化大革命万岁"，我大概也不会全然反对。

　　"文化大革命"终于成为过去。折辱、受屈，都不必细说了。我觉得最有意思的是中国头号哲学家冯友兰先生后来回忆的："他们把我置于高台'批斗'，群情激昂，但我却在心中默念'菩提本无树，明镜亦非台；本来无一物，何处惹尘埃？'"看来中国文化传统，特别是老庄、佛道思想确实帮助中国知识分子渡过了思想上的难关。

从哈佛到伯克利

生命的转机往往来得非常突然，完全不如人所预计。20世纪70年代中期，北京大学开始招收欧美留学生，我想这是因为那时中文系懂点英语的人不多，而且当时大家都还有些"犹有余悸"不太愿意和外国人接近。

我被分配去教一个班的现代文学。我的这个班20余人，主要是欧美学生，也有从澳大利亚和日本来的。为了给外国学生讲课，我不能不突破当时教中国现代文学的一些模式，我开始讲一点徐志摩、艾青、李金发等"资产阶级"作家。为了让我的学生较深地理解他们的作品，我不得不进一步去研究西方文学对中国现代文学的影响以及它们在中国的传播。这一多年在学术界未曾被研究的问题引起了我极大的兴趣。我开始系统研究20世纪以来，西方文学在中国是如何被借鉴和吸收，又是如何被误解和发生变形的。从对早期鲁迅和早期茅盾的研究中，我惊奇地发现他们不约而同，都受了德国思想家尼采很深的影响。再进一步研究，发现这位30年来被视为煽动战争、蔑视平民、鼓吹超人的极端个人主义者尼采的学说竟是20世纪初中国许多启蒙思想家推动社会改革，转变旧思想，提倡新观念的思想之源。无论是王国维、鲁迅、茅盾、郭沫若、田汉、陈独秀、傅斯年等都曾在思想上受到尼采深刻的影响。事实上，尼采学说正是作为一种"最新思潮"为中国知识分子所注目。尼采对西方现代文明的虚伪、罪恶的揭露和批判，对于已经看到并力图避免这些弱点的中国先进知识分子来说，正是极好的借鉴。他那否定一切旧价值标准，超越旧我，成为健康强壮的超人的理想深深鼓舞着正渴望推翻旧社会，创造新社会的中国知识分子，引起了他们的同感和共鸣。无论从鲁迅塑造的狂人所高喊的"从来如此——便对么？"的抗议，还是郭沫若许多以焚毁旧我、创造新我为主题的诗篇，都可以听到尼采声音的回响。但是尼采学说本身充满了复杂混乱的矛盾，他的著作如他自己所说，只是一个山峰和另一个山峰，通向山峰的路却没有。各种隐晦深奥的比喻和象征都可以被随心所欲地引证和曲解。因此，尼采的学说在不同时期也就被不同的人们进行着不同的解读和利用。

1981年，我根据上述理解，写了一篇《尼采与中国现代文学》发表于《北京大学学报》，引起了相当强烈的反响。

客观地说，这篇文章，不仅引起了很多人研究尼采的兴趣，而且也开拓了西方文学与中国文学关系研究的新的空间。1986年，北京大学第一次学术评奖，还把这篇文章评为优秀论文。事隔五六年，还有人记起这篇文章，我很觉高兴。后来，它又被选进好几种论文集，并被译成英文，发表在澳大利亚的《东亚研究》上。这篇文章得到我当时的美国学生舒衡哲（维斯里安大学副教授）向哈佛大学所属哈佛燕京学社的推荐。我至今有时还在梦中被那第一次英文面试的狼狈情状所惊醒！我的英语表达能力太差，主考官又努力让我围绕尼采的话题，他想了解我对尼采的研究究竟有多深！我虽理解他的意图，也有话想说，却完全说不出来！然而，我竟被录取！

1981年8月的一个傍晚，我终于到达了纽约肯尼迪机场。我带了两大箱东西，从内衣、内裤、信封、笔墨、肥皂、手纸，直到干面条。人们说，在美国一切都贵，把美国钱换算成人民币，对我来说，这些东西的价值全都是天文数字。但机场却不像我曾被告知的那样恐怖。没有戴红帽子的黑人来强推我的行李、勒索要钱，海关官员挺友善，并没有提什么让人发窘的问题，检查行李的人也不曾把箱子翻一个底朝天。最高兴的是，出门一眼就看见了来接我的年轻朋友，并不像我在梦中多次被吓醒时那样，迷失在随时都有可能进行奸淫掳掠的陌生人群之中。纽约给我的第一个印象是新奇。薇娜的车停在几十层的高楼上，我们得乘电梯上去，再把汽车开下来。沿路看不到一个人影，只有五颜六色、高速奔驰的汽车。在路边的小餐馆里，我吃了我的第一个汉堡包。这个普通的餐馆也同样使我惊奇，这里没有想象中的灯火辉煌，也没有一般美国电影里酒吧中震耳欲聋的摇滚音乐，更没有中国餐馆中的人声嘈杂。一个个小小的枣红色玻璃灯罩在每一张餐桌上掩护着一支小小的蜡烛，发出柔和的光；就餐的人不少，餐厅里却静得出奇；不知道从哪里传来了幽幽的古典提琴曲。我的心充满了宁静。这和我预期的第一个纽约之夜是多么不同啊！唯一使我纳闷的是，从纽约到康涅狄格州的中途城总共几小时路程，我们却不得不停了九次车，丢下"买路钱"才得过关。我问薇娜，何以不一次交掉，何以不买一张通行证，一路开过去呢？薇娜也说不出所以然。

我在薇娜家里住了三天，这对我身心方面的调节太重要了，我对此至今仍然感激。当时薇娜尚未结婚，她独自占据了一幢小白楼的第二层。她的书房堆满了书、杂志报纸，凌乱不堪，稿纸、软盘、香烟头遍地都是。她就这样每天扒开一小片空间，夜以继日地在电脑前写作。她吃得也很简单，早上把香蕉、牛奶往搅拌机里一倒，黏黏糊糊，配上一片面包；中午一律是蔬菜香肠三明治；晚上才做一点熟菜。她不舍得花时间。相比而言，中国人用在吃饭上的时间实在太多了！我们生活的节奏太慢，许多时间白白地溜走了。和薇娜在一起，会有一种时间紧迫感，只想赶快抓紧时间、赶快工作。

　　第二天是中秋节，薇娜、薇娜的男朋友杰生、杰生的小儿子加维和我一起在宽阔的绿草地上看月亮，我请他们吃北京带来的月饼。6岁的加维非常懂事，他显然不喜欢这种过甜的异国食品，但只是说等一会再吃。他一直在努力教我识别美国5分、10分、25分的镍币，但却解释不清何以5分镍币反而比10分镍币的个儿大，并因此很着急。加维的父母已离婚，他每个周末都要到波士顿去看母亲，这时父母各驾车走一半路程，在一个约定的中点把孩子像货物一样交给对方。我为加维很难过。在后来的日子里，如果说美国有什么令我震惊，那就是离婚！我的好朋友几乎都有离婚的经验。我认为这种离婚对女人特别不公平。美国和中国不同，根本无法找到便宜的劳动力充当保姆，老一代人又绝不愿插手第三代的抚育工作，母亲往往只好抛弃职业和学习，以保证父亲的功成名就。15年后，父亲多半有了巩固的地位，母亲却再难返回社会，找到自己的职业。于是，夫妻之间出现了落差。丈夫说，是的，我们曾有过甜蜜的过去，你给了我儿子，但却不能再给我青春。他身边环绕着崇拜名人的年轻女人，重新组织家庭真是易如反掌！我不能指责这样的男人，他们中间有很多是我敬重的朋友。确实如他们所说，人生转瞬即逝，既然婚姻索然寡味，为什么要为它牺牲掉自己的后半生？然而，女人终究太倒霉了！她们一般不大可能找一个比她们年龄小的人做丈夫，十几年拉扯大的孩子，一上大学，就要搬出去住，唯恐母亲干扰了自己的生活。于是很多中年妇女出现了所谓"空巢综合征"。记得作家王蒙来哈佛大学访问时，我曾和他谈起这个问题，他哈哈大笑，说中国绝无"空巢综合征"，有的只是"满巢爆炸征"——房小人多，大家都忙得团团转！确实中国知识妇女较少抛弃职业，男人也做较多家务，一般来说，他们没有很多时间去浪漫地"找回青春"。我绝不是说中国知识分子的婚姻生活都很美满，只是道德、舆论、生活条件、法律，都使离婚不那么容易，中国人也较能忍耐，得过且过，不到万不得已，也就"懒得离婚"。这对某些急于离婚的妇女也许造成了很多不幸，但也保障了更多妇女不至于无家可归。

也许是受了薇娜的感染，我一心想赶快到哈佛大学安顿下来，开始我的研究工作。在哈佛大学最惊心动魄的一幕，就是迷失在大图书馆的地下室。到哈佛大学的第一天，办完一切手续，已是下午4点多，我迫不及待地一头钻进久已向往的哈佛大学图书馆，乘电梯一直下到最底层，心想一层一层逛上去，大概总能看到一个图书馆的全貌。这最底层已是地下室的第三层，全靠纵横交错的路灯照亮。需要看哪一格，再开那一格的灯。这最下一层收藏的全是旧报纸，我一路看过去，想找找看有没有中国的旧报。据说，国内找不到的许多旧报纸都能在此发现，而我最感兴趣的是20年代大革命前后的旧报纸。我越走越深，终于完全迷失在密密麻麻的书架之中，再也找不到归路，电梯似乎已从地球上消失！我乱转了一个多小时，还是一无所成。我开始害怕起来，不会有人知道我在这里，学校还没有开学，宿舍里本来就空空荡荡，谁会来救我呢？万一到了下班时间，灭了灯，一个人待在这万丈深渊的漆黑中，怎么办（我以为和中国一样，下班后要关掉电源）？我转来转去，肚子饿得要命，中饭本来就没有好好吃。忽然看见一部电话，我似乎看到了大救星一样直奔过去，但是，身边一个电话号码也没有，况且人生地不熟，办公室早已下班，我又能给谁打电话？如果说有什么文化惊吓，我可真感到了惊吓！我靠墙坐在地上，又累又饿，黔驴技穷，一筹莫展，差点要哭出来！也不知就这样坐了多久，忽然听到脚步声，我连忙站起来。来的是一个年轻人，和蔼可亲。他大约见我一脸惊惶，就主动问我遇到了什么困难。我觉得很难为情，嗫嚅说，我迷失了出去的路。他一定觉得很好笑，告诉我转一个弯就是电梯，又教我地上的红线、黄线、绿线是什么意思，沿着这些路线走，绝对不会错，又告诉我图书馆门口有多少种说明书，应该事先读一下。我得到了一个教训，在美国无论做什么，都必须先看说明书。

我始终怀念在哈佛大学的那些日子，特别是那里的学生宿舍。每个宿舍都是一个很大的庭院。我居住的洛威尔之家（Lowel House）就是四面宿舍，中间围着一块很大的绿草坪，大约有两百多学生，其中有本科生、研究生，也有个别年轻教员。研究生就在宿舍的小教室里给本科生开辅导课，并从各方面指导他们，成为他们的榜样。宿舍总负责人极力营造一种家庭气氛。每周四下午4点都有家庭茶会，夫人自己烘焙的小饼干香气四溢。一只毛茸茸的大狗懒洋洋地躺在客厅里，宿舍里的任何人都可以去吃几片饼干、喝一杯咖啡，和不时来参加茶会的教授或高级领导们聊几句。每星期三晚上有极其热闹的冰淇淋宴。这时，餐厅里摇滚乐震耳欲聋，几十种冰淇淋随便吃。据说，有一位校友在哈佛大学读书时，家里很穷，买不起自己很爱吃的冰淇淋，后来发了财，就设了一笔基金，用其利息每周请同宿舍的室友们大吃一顿冰淇淋，爱吃多少吃多少，免费！星期五晚餐有"高桌"（High Table），餐厅舞台上摆起一溜大长桌，铺上雪白的桌布。在这个宿舍住过的教授或年轻教师围桌而坐，这时，洛威尔之家的钟楼准时响起了悠扬的钟声。饭后，教师们就会很自然地到学生中去，和他们随便聊天。这些当然都只是一种形式，但我深深领悟到所谓哈佛传统，就是在这些不断重复的仪式中代代承传。

我在哈佛大学的一年并没有很好开展研究工作。我白天忙于听课，晚上到英语夜校学习英语。我主要听比较文学系的课，这门学问深深地吸引了我。曾经是这个系的主要奠基人的白璧德教授（Irving Babitt）曾大力提倡对孔子的研究，在他的影响下，一批中国的青年学者，如吴宓、梅光迪等开始在世界文化的背景下，重新研究中国文化。当时的系主任克劳德纪延（Claudio Guillen）也认为只有当东西两大系统的诗歌和理论互相认识、互相关照，一般文学中理论的大争端始可以全面处理。我真为这门对我来说是全新的学科着迷，我借阅了许多这方面的书，又把所有能积累的钱都买了比较文学书籍，并决定把我的后半生献给中国比较文学这一神圣事业。

时日飞逝，一年很快就过去了。我觉得自己才刚入门。

特别是 1982 年夏天，应邀在纽约参加了国际比较文学学会第十届年会之后，我更想对这门学科有一个更深入的了解。因此，尽管学校多次催我回国，我还是决定在美国继续我的学业。恰好加州伯克利大学给了我一个访问研究员的位置，我于是不顾一切，直奔美国西部。

我在哈佛大学已被那里的温文尔雅所濡染，新英格兰地区的一切，都是那样富于传统、绅士风度。到了西部似乎又经历了一次灵魂的大解放。记得参加纪延教授的讨论课时，每到 40 分钟，秘书一定准时端上一杯咖啡，并照例要说："教授，请喝咖啡。"于是课间休息。在伯克利大学听第一课，忽听得背后呼哧作声，回头一看，坐着一只大狗! 这里学生带狗上课好像习以为常。教授上课，有时就跨坐在桌子边，学生爱发问就发问，师生之间无拘无束，常开玩笑，更没有什么女秘书来送咖啡。学校里热闹得很，全不像哈佛大学那样安静。广场上，有讲演的、有玩杂耍的、有跳霹雳舞的，有穿黄袈裟剃光头、高呼"克利希纳"蹦蹦跳跳的，还有一位女诗人每天总在一定的时候出现，穿一身黑，沿路吹肥皂泡。校门口到处都是卖食物的小摊，各国食品都有，简直是个国际市场。这里的人们似乎都不喜欢在食堂吃饭，大家都愿意把饭端到温暖的阳光下来吃，我和他们谈起哈佛大学的"高桌",他们全都嗤之以鼻,仿佛我是一个傻瓜。其实,比较起来,我更喜欢伯克利,我觉得这样更适合我的本性。在伯克利,我觉得自在多了。人们都很随便,几乎看不见什么西装笔挺、装模作样的打扮。我的学术顾问是著名的跨比较文学系和东亚系的西里尔·白之教授。他对老舍和徐志摩的研究,特别是对他们与外国文学的关系的研究都给了我很大的启发。他对元、明戏剧传奇的研究也提供了全新的学术视野。我很喜欢参加白之教授的中国代文学讨论班。印象最深的是有一次讨论赵树理的小说《小二黑结婚》。同学们各抒己见,谈谈各自对书中人物的看法。一位美国学生说,她最喜欢的是三仙姑,最恨的是那个村干部。这使我很吃惊,过去公认的看法都认为三仙姑是一个40多岁、守寡多年,还要涂脂抹粉、招惹男人的坏女人;村干部则是主持正义,训斥了三仙姑。但这位美国同学也有她的道理:她认为三仙姑是一个无辜受害者。她也是人,而且热爱生活,她有权利追求自己喜欢的生活方式,但却受到社会歧视和欺压;村干部则是多管闲事,连别人脸上的粉擦厚一点也要过问,正是中国传统的"父母官"的模式。我深感这种看法的不同正说明了文化和社会价值观念的不同。这种不同不仅无害,而且提供了理解和欣赏作品的多种角度。正是这种不同的解读才使作品生命得以扩展和延续。这个讨论班给我提供了很多这类例子，使我在后来的教学中论及接受大学的原理时有了更丰富的内容。

在白之教授的协助下，我在伯克利写成了一本《中国小说中的知识分子》，这是我得到伯克利大学奖助金所承担的义务。后来，这本书作为伯克利大学东亚研究丛书之一用英文出版。我对白之教授怀着很深的友情，特别是他对他的妻子是如此的一往情深！他们青梅竹马，年幼时就在英国的农村相识，经过几十年颠沛流离，爱情却始终如一。当然也许已不是那种年轻人的激情，但从他们的眼睛里，可以清楚地看到那种理解、信任、温存和爱。前几年，听说白之夫人得了重病，白之教授已辞去职务，和夫人一起隐居伯克利山中。记得当时白之教授带我在伯克利爬山时，我曾问起他对老年和死亡的看法，他很豁达，隐居正是他的计划中事。白之教授夫妇使我对美国知识分子的婚姻生活有了另一种看法。

通过白之教授的介绍，我见到了心仪已久的刘若愚教授。他邀请我到斯坦福大学去做一次讲座。我们一见如故，课后他请我吃饭，在座只有我们两个。他喝了很多很多酒，我原来就觉得他是魏晋名士中人，进一步接触，更有这种感觉。由于我不会喝酒，他很嘲讽了我一番。他说，没有酒，哪有诗？他一边自斟自酌，一边很高兴地和我闲聊。酒和友情常常使人容易打开心扉。刘若愚教授告诉我，他的妻子是英国人，如今已离异，还居英伦。他们的女儿已长大成人，今年考大学。他希望她上哈佛大学，但她却一心要去英国寻找母亲。沉默了很长一段时间，我也不知道该说什么。又喝了两三杯，他告诉我女儿患有白血病，脾气很怪诞。饭后，刘若愚教授邀请我去他家喝一杯咖啡。他一进门就喊女儿的名字，但没有人答应。房间很大，显得十分空旷，一只小黑猫在咖啡桌上打瞌睡。这里的气氛和白之教授温暖的家简直太不相同了！虽然房子的外表同样是美丽的洋房、宽阔的草坪。刘若愚教授在学术上卓有成就，几乎研究中国文学理论的人，都不得不参考他的《中国诗学》和《中国文学理论》。像他那样一个绝顶聪明，极富生命活力的人如何能忍受那样的孤独、寂寞，以至空虚！数年后，我在加拿大得知他去世的噩耗，不禁潸然泪下。他还没有活到60岁，真是英年早逝！今天，我进一步研究比较诗学时，一翻开他的书，他的音容笑貌，还总在心中萦绕。

当然，在伯克利最难忘的，还是卡洛琳一家。卡洛琳不懂中文，我的英语完全不足以表达我的心灵；但我们却能完全相互理解，这不能不说是一个奇迹。卡洛琳是一个非常富于感情的人，她对我的遭遇深感同情。我也十分喜欢她那原来很和美的家。我感到自己长久以来，已很少和人有过这样深刻的内心交往。国内几十年的阶级斗争，使得人与人之间树起了很多难以突破的屏障，多少想象不到的告密、叛卖总是使人不想倾吐内心。在国外，没有这些痕迹，倒是较为容易进入彼此的心田。我深爱卡洛琳的小女儿，她来到这个世界上只有几个月，已是非常任性，眼睛闪耀着野性而热烈的、充满生命活力的光。她和我所熟知的中国孩子极不相同。后来，我慢慢领悟到，这种差别也并不是天生的。孩子刚生下来，按照中国传统习惯，我们总要把婴儿包裹在薄被里，用带子把婴儿捆绑得结结实实，母亲们说，这样才能让孩子的身体笔直不弯。美国母亲却从来不捆她们的孩子，而让他们仰面朝天、手脚乱动。卡洛琳总是让她的女儿在地上乱爬，我最看不惯。孩子弄脏手怎么办？孩子拣脏东西放进嘴里怎么办？孩子把指头伸进电源插头怎么办？卡洛琳却说她宁可把地板擦干净，把电源插头封死，在高处另安插头。孩子稍大，卡洛琳开始没完没了地问小女儿每顿饭愿意吃什么，每次都有四五种花样供她选择，并从不喂她，很早就让她自己吃，每次吃饭都是弄得满脸、满手、满地，爱吃多少就吃多少。中国可不是这样。记得小时候吃饭，母亲总要告诚我们：不许挑三拣四，做什么吃什么，不许剩饭。美国孩子大多数两三岁还一天到晚绑着尿布，我不无自豪地对卡洛琳说，中国小孩三四个月就不再用尿布了，父母严格训练他们按时大小便并报告大人。卡洛琳却说这种训练侵害了孩子的自由发展，养成了中国人过早控制自己的、压抑自己的性格！尽管我和卡洛琳很有许多分歧和争论，但我仍然十分怀念那些美好的日子。我的住处就在卡洛琳家附近。我们大清早，在孩子们起床前，沿着伯克利山脊跑一段，然后，我回家念英语，她回家做早饭，打发大孩子上学。9点钟我们坐下来一起写作，小女儿就在旁边乱爬。

我没有想到我的那本20年回忆录会出版，我写那本书的时候，只是想留下一页真实，让后来的人们知道，曾经有这样一段历史时期，人们竟是这样生活、这样思考、这样感觉的！那时还是1982年，谁也不知道中国会朝着哪个方向发展，也不知道说了这些实实在在的真话会得到什么结果。卡洛琳告诉我，美国银行开办一种业务，你可以在那里租一个小信箱，把你的秘密安全地放在那里，所花的钱并不很多。卡洛琳还答应帮助我照管，也许等到我死后再把这些话说出来。于是我们每天早上坐下来写我的回忆。这本书能写出来，也真是一个奇迹。卡洛琳完全不懂中文，而我的英文也常常支离破碎，词不达意。也许我们依靠的正是内心的理解和感应。卡洛琳从不厌倦地提出各种各样问题，从我的真诚而不免散漫的回答中努力捕捉我的思绪。当时并不考虑出版，说话也就随兴之所至，没有什么顾虑。没有想到中国发展这么快。两年过去了，似乎去银行租一个小信箱的计划已没有什么必要。1984年，就在我回国前夜，我和卡洛琳决定将这本书交美国加州大学出版社出版，书名就定为《面向风暴》。由于我确实毫无讳饰地真诚袒露了我的心，这本书得到了许多人的同情。1985年一出版就引起了出版界的重视。美国的《纽约时报》《洛杉矶时报》《基督教科学箴言报》、英国的《伦敦电讯报》、德国的《法兰克福邮报》、加拿大的《汉米尔顿邮报》等20多家报纸杂志都先后发表了书评，给予相当高的评价。第二年，德国著名的谢雨兹出版社出了德文版，书名改为《当百花应该齐放的时候》，内容没什么改动。同年，这本书荣获美国西部的"湾区最佳书籍奖"，我想这主要应该归功于卡洛琳优美而流畅的文笔。最令人高兴的是，事隔8年多，这本书竟还能引起日本著名汉学家、东京大学教授丸山升先生的兴趣。在他的亲自关怀下，丸山松子夫人和原在我任教的留学生班就读、现在横滨大学教书的白水纪子小姐合作将此书译成日文，日本岩波书店已于1995年出版。我认为这本书的价值就在于它的真实。正如著名的国际友人，20 世纪 30 年代在中国工作过 10 余年的约翰·谢维斯在为本书所写的长序中所说：

　　这本书之所以伟大，就在于它远不是一系列恐怖事件的记录，她的叙述真诚而敏感，在她看来，错误并不都在一面，而是由于许多个人无能为力的、错综复杂的历史的机缘所造成。作为一个坚忍不拔，蕴藏着无限勇气和力量的女人，作为一个永不屈服的母亲，在不可思议的痛苦和考验面前，她保存了她的家庭、她的孩子和她自己的未来……她的骇人的经验给了我们一个人类不屈灵魂的例证，其意义远远超越于具体的时代和地区。也许她经历的事件很难和别的地方相比，然而哪一个国家又不曾有过充满着无法容忍的暴力的历史阶段呢？

　　我想，正是他所说的这些原因，这本书一直被很多大学选作为讲授中国现代史的补充教材，至今我还常常收到国外学生寄来和我讨论一些有关问题的远方来信。

献给自由的精魂

——我所知道的北大校长们

北大自由精神的奠基者蔡元培校长早就指出："大学不是养成资格，贩卖知识的地方"，也不只是"按时授课的场所"，"大学也者，研究学问之机关"，"大学生当以研究学术为天则"，学者更"当有研究学问之兴趣，尤当养成学问家的人格"。他抱定学术自由的宗旨，在北大实施了一系列改革。正如梁漱溟先生所回忆："他从思想学术上为国人开导出一新潮流，冲破了社会旧习俗，推动了大局政治，为中国历史揭开了新的一页。"梁先生特别强调这一大潮流的酿成，"不在学问""不在事功"，而在于蔡先生的"器局大"和"识见远"。所以能"器局大""识见远"，又是因为他能"游心乎超实用的所在"，这个"游心乎超实用的所在"讲得特别好。大凡一个人，或拘执于某种具体学问，或汲汲乎事功，就很难超然物外，纵观全局，保持清醒的头脑。中国知识分子素有"议面不治"的传统，一旦转为"不议而治"，那就成了实践家、政治家，而不再是典型的知识分子。

法国社会学家艾德加·莫林 (Edgar Morin) 认为可以从三个层次来说明知识分子一词的内涵：一、从事文化方面的职业；二、在社会政治方面起一定作用；三、对追求普遍原则有一种自觉。"从事文化方面的职业"大约就是马克思在《剩余价值论》中所讲的"精神生产"；"在社会政治方面起作用"就是构筑和创造某种理想，并使它为别人所接受。卡尔·曼海姆 (Karl Mannheim) 认为，理想可以塑造现实，可以重铸历史，对人类社会发展具有实际影响。"自觉追求普遍原则"就是曼海姆所说的，知识分子应保留一点创造性的不满的火星，一点批判精神，在理想与现实之间保持某种"张力"。也就是如于连·本达 (Julien Benda) 所说的，知识分子理想的绝对性禁止他和政治家难以避免的半真理妥协，和塔柯·帕森斯 (Tacott Parsons) 所说的"把文化考虑置于社会考虑之上，而不是为社会利益牺牲文化"。列宁认为"社会主义学说是由有产阶级出身的、受过教育的知识分子所制定的哲学理论、历史理论以及经济理论中长成的"，它是知识分子长期精神生产的结果，而不是暂时的政治斗争的产物。

北大的校长们，很多都曾有过不和"政治家难以避免的半真理妥协"的经验，他们总是敢于"在理想与现实之间保持某种张力"。直到今天，每当我们困扰于计划生育的两难境地，我们总是不能不想起马寅初校长和他的《新人口论》。1957 年马校长将他多年来思索的结晶《新人口论》按正规手续提交一届人大四次会议，指出控制人口十分迫切，十分必要。他语重心长地警告说："人口若不设法控制，党对人民的恩德将会变成失望与不满。"回答他的，却是百人围剿，他十分愤慨地写了《重申我的请求》一文，鲜明地表现了一个杰出知识分子坚持真理的悲壮之情。他说："我虽年近八十，明知寡不敌众，自当单身匹马，出来应战，直至战死为止，决不向专以力压服，不以理说服的那种批判者们投降。"如果马校长当时所面对的政治家多少能听取一点不囿于眼前实利而从长远出发的真知灼见，马寅初对中国社会文化的贡献将无可估量。马寅初所以能高瞻远瞩，从某种程度来说也正因为他不是一个实行者，他只是一个知识分子，他的位置是"议而不治"。这就保证他可以摆脱一些局部和暂时利益的牵制，不需要屈从于上级而以自己的独立思考和智慧造福于社会。相反，北大也有些校长，他们同时是朝廷重臣，如孙家鼐，他虽有开明的思想，也有重振国威、兴办教育的志向。但他毕竟是"官"，所以和康有为、梁启超不同，终于不能越政府的"雷池"。严复，这位向西方寻找真理的先进中国人被袁世凯拉入政府，脱离了"议而不治"的地位，就无可避免地屈从于实际政治，卷入复辟逆流。作为知识分子的杰出代表，北大的大部分校长都是"把文化考虑置于社会考虑之上"，对于文化都怀着极深的关切。90年来，再没有比中西古今之争这个百年大课题更引人注目，更得到全国关切的文化问题了。如果说孙家鼐囿于他的地位，只是把中西文化关系局限在"中学为主，西学为辅"的层次上，那么，严复提倡的却是"非西洋莫以师"。他的《天演论》之问世，如"一种当头棒喝""一种绝大刺激"，以至"几年之中，这种思想像野火一样延烧着许多少年人的心和血"。严复所考虑的是更深的文化关切。他超越了"师夷长技"的"言技"阶段，并提出当时盲目移植西方政治制度的做法有如"淮橘为枳"，不能真收实效。因为"苟民力已堕，民智已卑，民德已薄，虽有富强之政，莫之能行"。故要"自强保种，救亡图存"，不能只是"言政"，还要从根本做起，即"开民智，奋民力，和民德"，以教育为本，也就是从文化方面来解决问题。

胡适进一步把中西文化关系放进时间的框架来考察。他认为"文明是一个民族应付环境的总成绩，文化是一个文明形成的生活方式"。因此，"东西文化的差别实质上是工具的差别"。人类是基于器具的进步而进步的。石器时代、铜器时代、钢铁时代以及机电时代都代表了文化进化的不同阶段。西方已进入机电时代而东方则犹处于落后的手工具时代。西方人利用机械，而东方人则利用人力。他尖锐地指出："东洋文明和西洋文明的界限是人力车和摩托车的界限。"工具越进步，其中包含的精神因素也越多。摩托车、电影机所包含的精神因素要远远大于老祖宗的瓦罐、大车、毛笔。"我们不能坐在舢板船上自夸精神文明，而嘲笑五万吨大轮船是物质文明。"胡适认为中西文化的差别首先不是地域的差别而是时代的差别，也就是进步阶段的差别。因此中国传统文化需要进行根本改造与重建，以便从中世纪进入现代化。

梁漱溟不仅从纵的历时性角度来考察中西文化，而且第一次从西方、印度、中国三种文化系统的比较中，从世界文化发展的格局中来研究中国文化。他认为这三种文化既是同时存在而又是递进发展的。西方文化取奋身向前、苦斗争取的态度，中国文化取调整自己的意欲、随遇而安的态度，印度则取"销解问题"、回头向后的态度。梁先生认为西方文化已经历了它的复兴，接下去应是中国文化的复兴，然后是印度文化的复兴。三种文化各有特点，同时也代表着人类文化发展的三个阶段。中国文化应在自己的基础上向西方已经到达的那个阶段发展，因此对西方文化的态度应是"全盘承受而根本改过"。西方文化则由于第二阶段发展不充分，出现了种种弊病，应回头向中国文化学习、补课。

从世界格局来研究中国文化就有一个相互交流的问题。汤用彤先生特别强调了文化交流中的"双向性"。他认为两种文化的碰撞绝不可能只发生单向的搬用或移植。外来文化输入本土，必须适应新的环境，才能在与本土文化的矛盾冲突中生存繁衍，因此它必然在某些方面改变自己的本来面貌；另一方面，在这个过程中，它又必然被本土文化吸收融合，成为本土文化的新成分。无论是外来文化还是本土文化都不可能保持原状而必融入新机，这就是文化的更新。汤先生以毕生精力研究了印度佛教和中国文化的关系，处处证实了"印度佛教到中国来，经过很大的变化，成为中国佛教，乃得中国人广泛的接受"。他将这一过程归结为：因看见表面的相同而调和，因看见不同而冲突，因发现真实的相合而调和三个阶段。这三个阶段既是同时的先后次序，也是一般的逻辑进程。汤先生毕生从事的魏晋南北朝佛教史和魏晋玄学的研究都可视为这一结论的印证。直到如今，这一论断仍不失为有关中外文化沟通汇合的真知灼见。

文化传统就是这样在不断吸引、变化和更新的过程中发展的。这是一个动态的过程。任何文化传统都不是固定的，

已成的 (things become)，而是处于不断形成过程之中 (things becoming)，它不是已经完成的"已在之物"，只要拨开尘土就能重放光华；更不是一个代代相传的百宝箱，只消挑挑拣拣，就能为我所用。传统就是在与外界不断交换信息，不断进行新的诠释中形成的，传统就是这个过程本身。如果并无深具才、识、力、胆的后代，没有新的有力的诠释，文化传统也就从此中断。

季羡林先生曾对这个问题进行了深邃的思考和精到的发挥。他在《传统文化与现代化》一文中指出，传统文化代表文化的民族性（我认为这就是上述文化传统形成过程中积淀下来并不断发展的某些因素——笔者），现代化代表文化的时代性。一切民族文化都需随时代发展而更新。季先生认为这二者相反相成，不可偏废。现代化或时代化的标准应是当时世界上文化发展的最高水平，任何文化的现代化都必须向这一最高水平看齐。因此，现代化与开放和交流密不可分。在这个过程中，正如汤用彤先生所论证，外来文化必有改变，传统文化也必得更新。二者都不可能原封不动，否则就只能停滞和衰退。季先生认为我国汉唐文化的繁荣，其根本原因就是一方面发展了汉民族的传统文化，一方面又大力吸收了外国的物质和精神文明并输出我国的传统文明。反之，清朝末年的保守派一方面对传统文化抱残守缺，一方面又拒绝学习国外先进的东西，畏惧时代化和现代化，结果是国力衰竭，人民萎缩。未来的希望就在于赶上当前世界文化发展的最高水平，并在这一过程中对过去的文化进行新的诠释。

回顾过去历届北大校长对文化问题的看法，对我们今天有关文化问题的讨论仍是极好的借鉴。

北大的自由精神容纳了人们对真理的追求，容纳了几十年人们对文化问题的自由讨论，同时也容纳了个人人生信念爱好的不同。"物之不齐，物之情也"。蔡元培时代的北大就容纳了许多完全不同的人物。正如马寅初校长所回忆："当时在北大，以言党派，国民党有先生及王宠惠诸氏，共产党有李大钊、陈独秀诸氏，被目为无政府主义者有李石曾氏，憧憬于君主立宪、发辫长垂者有辜鸿铭氏；以言文学，新派有胡适、钱玄同、吴虞诸氏，旧派有黄季刚、刘师培、林损诸氏。"这些人都可以保留自己独特的思想和信念，不必强求统一。正是这种不统一，才使蔡元培时代的北大如此虎虎有生气。"不同""不统一"，保存自身的特点，维持相互的差异对于事物的生存和发展十分重要。

第二次世界大战后，世界文化发展的总趋势就是全球意识背景上的文化多元发展。这是世界进入信息时代，帝国主义垄断结束的必然结果，也是 20 世纪后半叶无可抗拒的时代特征。特别是与进化论相对的耗散理论，熵的概念的提出，更是在今天的西方世界形成了一种对模式化、一元化、"无差别境界"的深刻恐惧。熵的理论认为在一个封闭系统里，能量水准的差异总是趋向于零。例如不同平面的河水，可以利用落差驱动水轮，可以发电，这是有效的、自由的能量；一旦落差消除，水面平衡，能量就转为无效和封闭。这就是说，无差别的、封闭性的一种模式、一个体系、一个权威。总之，一元化只能导致静止、停滞和衰竭。能量不断耗散而趋于混沌一致的过程也就是作为衡量这一混沌程度的单位的熵日益增大的过程。只有形成开放系统不断和外界进行信息交换，力求迫取独特、差别和创新才有可能维持生命活力而不至于成为庄子所描写的那个无"七窍"，不能"视听食息"的名叫混沌的怪物。如果事物越来越统一，熵越来越大，人类就会在一片无争吵、无矛盾的静止、混沌之中沉人衰竭死寂。因此，人们把刻意求新，不断降低"熟悉度"，追求"陌生化"的作家称作"反熵英雄"。四人帮统治下的北大追求所谓认识统一、思想统一、行动统一等五个统一，和蔡元培所开创的自由精神背道而驰，结果是扼杀了创造性，戕灭了生机。一切归于一致，也就归于静止衰竭。近百年来，北京大学的校长们，从蔡元培、马寅初、翦伯赞到季羡林，都曾为维护这种独特性、创造性，不苟同、不随俗而付出过昂贵的代价直到生命。他们是自由的精魂，他们的功业将没世永垂。

目前，一个新的历史时期正在我们眼前展开。面向世界、面向现代化、面向未来的方针为我们古老的民族注入了无穷的生命力；开放搞活的政策为彻底摧毁昔日的封闭体系提供了最有力的武器。正是在这样全民共振奋的形势下，北大当任校长率先提出了把北大建设成世界第一流大学的壮志宏图，果真如此，则今日北大人将无愧于往昔自由精神之前驱。

怀念马寅初校长

我曾经有幸和马寅初校长做了数年邻居，常常看见他在林木茂密的燕南园庭院中漫步。尽管当时已是70余岁高龄了，他仍然满面红光，十分硬朗。当时我还正青春年少，以为前途满是鲜花绿草，很有一点"直挂云帆济沧海"的心境。没有想到历尽坎坷，"一不小心"自己也"70高龄"了。这时经常萦绕于我心的是两位长者的形象：一位是我一向心仪的季羡林先生，另一位就是马校长。

记得我70岁退休，第一次拿到退休工资时，想到我已不再是教师，不再有自己的学生，回首从教50年，真如我的老友彭兰同志的诗："三十余年转眼过，事业文章两蹉跎"，心里不免有点凄凄惶惶。季先生很理解我的心情，他安慰我说，70岁是人生的另一个新起点。他告诉我他自己的许多书就都是在70岁以后才写成的，70岁以前或是"挨整"，或是做许多行政工作，多年没有时间认真做学问。他的话成了我今后生活中最重要的动力。

马校长最让我钦佩并始终难忘的是他对国家民族命运深切的关怀。他无时无刻不在思考着国力的贫弱和人民的穷苦。1955年，他已是73岁，还做了大量调研工作，草拟了一份以控制人口和加强对人口问题进行科学研究的报告，准备在当年举行的人民代表大会上发言。没有想到征求意见时，他的想法遭到很多人的反对，有些人甚至反诬他是"反动的"马尔萨斯人口论，竟以"二马"（第二个马尔萨斯）相称。马校长只好暂时撤回报告，更加深思熟虑。1957年他再次将他精心写成的《新人口论》作为一项正式建议，提交第一届全国人民代表大会第四次会议。他指出控制人口十分迫切，十分必要，并语重心长地警告说："人口若不设法控制，党对人民的恩德将会变成失望与不满。"

马校长的建议不仅揭示了真理，富于预见，而且合理合法，按照国家宪法，通过必要程序，提交到全国人民最高的权力机关——全国人民代表大会进行审议。然而，回答他的竟是全无理智的"百人围剿"！到了1958年5月，在康生、陈伯达的插手下，据统计，全国上阵批判他的人已达二百之众，发表的讨伐文章多达58篇，其中北大人写的就占了18篇！马校长非常愤慨，他写了一篇文章，这也是他传世的最后一篇文章了。这篇文章题为：《重申我的请求》。他说：

"我虽年近80，明知寡不敌众，自当单身匹马，出来应战，直至战死为止，决不向专以力压服，不以理说服的那种批判者们投降！"这几句话始终留在我心底。每当我看到不得不行的、紧迫的计划生育政策给农民带来的痛苦，给国家带来的麻烦，我就不能不想起这位年届八十，依然为国家民族奋不顾身的睿智的先知；我常常想，如果20世纪80年代，我国的人口不是10亿，而是8亿，我们的国家会怎样更轻松地腾飞啊！如果马校长当时面对的政治家多少能听取一点不囿于眼前实利而从长远出发的真知灼见，多少尊重一点全民的宪法，马校长的高瞻远瞩会对国家社会带来多么不可估量的贡献啊！特别是现在，当我以"年老""已经退出历史舞台""不在其位，不谋其政"等说法原谅自己与国家社会的疏离时，马校长的精神和他的这些话就在我心中发酵、沸腾。

不幸的是马校长从此被剥夺了发言权，并被迫辞去了北大校长的职务，被赶出了他本来想在此终其天年的美丽的燕南园！

其实，马校长的坚持真理，不畏牺牲，也不是自20世纪50年代才开始。1937年，他就曾以同样的精神向国民党政府提出向发国难财者征收"临时财产税"，以补抗战经费之不足，使蒋介石大感掣肘。蒋介石先是想以利诱之，提议请他赴美考察，并委以重任，但他凛然拒绝，发表声明说："为了国家和民族的利益，我要保持说话的自由。"1939年，他置个人安危于不顾，毅然与共产党人周恩来、王若飞会见，并在蒋介石的陆军大学发表反蒋演说，这不能不大大触怒了蒋家王朝，终于被关进集中营1年零8个月，后来又改为家中软禁，直到抗战胜利。他在获得自由后写的《中国的工业化与民主是分不开的》一文，不屈不挠，锋芒仍然直指国民党四大家族。后来他又在重庆校场口，与郭沫若、李公朴等一起被打伤。1948年才秘密转移至香港。

回想马校长两度入北大：第一次是1916年，他作为美国哥伦比亚优秀博士毕业生，毅然辞去了哥伦比亚大学的正式聘请，应蔡元培校长之约，回国担任了北大经济系教授，并被选为北大第一任教务长；第二次是新中国成立后，1951年，他被任命为北大校长，再次进入北大。他在北大的结局，也许是他始料所不及，说不定也是在他的预料之中。他曾发表过一篇题为《北大之精神》的演讲，他认为："所谓北大主义者，即牺牲主义也，服务于国家社会，不顾一己之私利，勇敢直前，以达其至高之鹄的"，他给重庆大学爱国运动会主席许显忠的题词也是："碎身粉骨不必怕，只留清白在人间。"他长达一个世纪的为人处世都是这些原则的光辉实现！

马校长辞去北大校长后，仍然继续着他的献身精神。他以 80 岁的高龄，仍是笔耕不息，继他对中国工业的多年考察研究之后，又转向农业，写了近百万字的《农书》。遗憾的是为了不使这部巨著落入坏人之手，他不得不于"文化大革命"之初就亲自焚毁了自己的心血。

1981 年，北京大学终于洗去了自己的耻辱，召开了盛大的庆祝会，当面向这位历经风雨、一心为国的百岁老人赔礼道歉，郑重聘请他担任北京大学的名誉校长。然而，时日已逝，马校长，他还能从心里感到宽慰吗？也许他对这一切早已释然，无所挂心了？！1982 年 5 月 10 日，马校长与世长辞，享年 101 岁。

望之俨然，即之也温

——我心中的汤用彤先生

　　我第一次近距离接触汤用彤先生是在 1952 年全校学生毕业典礼上。当时他是校务委员会主席，我是向主席献花、献礼的学生代表。由于我们是新中国成立后正规毕业的第一届学生，毕业典礼相当隆重，就在当年五四大游行的出发地——民主广场举行。当时全体毕业生作出一个决定，离校后，每人从第一次工资中，寄出五毛钱，给新校址建一个旗杆。目的是希望北大迁到燕园时，学校的第一面五星红旗是从我们的旗杆上升起！毕业典礼上，我代表大家郑重地把旗杆模型送到了汤先生手上。如今，50 余年过去，旗杆已经没有了，旗杆座上的石刻题词也已漫漶，但旗杆座却还屹立在北大西门之侧。

　　就在这一年，我进入了汤用彤先生的家，嫁给了他的长子汤一介，1951 年汤一介刚从北大哲学系毕业。我们的婚礼很特别，即便是在 20 世纪 50 年代初期，恐怕也不多见。

当时，我希望我的同学们离校前能参加我的婚礼，于是，赶在 1952 年 9 月结了婚。结婚典礼就在小石作胡同汤家。按照我们的策划，婚礼只准备了喜糖、花生瓜子和茶水。那是一个大四合院，中间的天井能容纳数十人。晚上 8 点，我的同班同学、共青团团委会的战友们和党委的一些领导同志都来了，气氛热闹活跃，如我所想。这是一个"反传统"的婚礼，没有任何礼仪，连向父母行礼也免了，也没有请父母或领导讲话。汤老先生和我未来的婆母坐在北屋的走廊上，笑

结婚照

眯眯地看着大家嬉闹。后来，大家起哄，让我发表结婚演说。我也没有什么"新娘的羞怯"，高高兴兴地发表了一通讲话。我至今还记得大概的意思是说，我很愿意进入这个和谐的家庭，父母都非常慈祥，但是我并不是进入一个无产阶级家庭，因此还要注意划清同资产阶级的界限。那时的人真是非常革命！简直是"左派幼稚病"！两位老人非常好脾气，丝毫不动声色，还高高兴兴地鼓掌，表示认同。后来，两位老人进屋休息，接着是自由发言，朋友们尽情哄闹、玩笑。大家说什么我已不记得了，只记得汤一介的一个老朋友、闻一多先生的长公子闻立鹤，玩笑开得越来越过分，甚至劝告汤一介，晚上一定要好好学习毛主席的战略思想，说什么"敌进我退"，"敌退我攻"之类，调侃之意，不言自明。我当即火冒三丈，觉得自己受了侮辱，严厉斥责他不该用伟大领袖毛主席的话来开这样的玩笑！大家看我认真了，都觉得很尴尬……我的婚礼就此不欢而散。我和汤一介怏怏不乐地驱车前往我们的"新房"。为了"划清界限，自食其力"，我们的"新房"不在家里，而是在汤一介工作的北京市委党校宿舍的一间很简陋的小屋里。

第二天，汤老先生和老夫人在旧东单市场森隆大饭店请了两桌至亲好友，宣布我们结婚，毕竟汤一介是汤家长子啊。汤老先生和我的婆母要我们参加这个婚宴，但我认为这不是无产阶级家庭的做法，结婚后第一要抵制的就是这种旧风俗习惯。我和汤一介商量后，决定两个人都不去。这种行为现在看来确实很过分，一定很伤了两个老人的心。但汤老先生还是完全不动声色，连一句责备的话也没有。

毕业后我分配到北大工作，院系调整后，汤老先生夫妇也迁入了宽敞的燕南园58号。校方认为没有理由给我再分配其他房子，我就和老人住在一起了。婆婆是个温文尔雅的人，她很美丽，读过很多古典文学作品和新小说，《红楼梦》和《金粉世家》都看了五六遍。她特别爱国，抗美援朝的时候，她把自己保存的金子和首饰全捐献出来，听说和北大教授的其他家属一起，整整捐了一架飞机。她从来不对我提任何要求，帮我们带孩子，分担家务事，让我们安心工作。我也不是不近情理的人，逐渐也不再提什么"界限"了。她的手臂曾经摔断过，我很照顾她。他们家箱子特别多，高高地摞在一起。她要找些什么衣服，或是要晒衣服，都是我帮她一个个箱子搬下来。汤老先生和我婆婆都是很有涵养的人，我们相处这么多年，从来没见过他俩红过脸。记得有一次早餐时，我婆婆将他平时夹馒头吃的黑芝麻粉错拿成茶叶末，他竟也毫不怀疑地吃了下去，只说了一句"今天的芝麻粉有些涩"！汤老先生说话总是慢慢的，从来不说什么重话。因此在旧北大，曾有"汤菩萨"的雅号。这是他去世多年后，学校汽车组一位老司机告诉我的，他们至今仍然怀念他的平易近人和对人的善意。

汤老先生确实是一个不大计较名位的人。像他这样一个被公认为很有学问，曾经在美国与陈寅恪、吴宓并称"哈佛三杰"的学者，在院系调整后竟不让他再管教学科研，而成为分管"基建"的副校长！那时，校园内很多地方都在大兴土木，在尘土飞扬的工地上，常常可以看到他缓慢的脚步和不高的身影。他自己并不觉得这有什么不好，常说事情总需要人去做，做什么都一样。

可叹这样平静的日子也并不长。阶级斗争始终连绵不断，1954年，在《人民日报》组织批判胡适的那个会上，领导要他发言。他这个人是很讲道德的，不会按照领导意图，跟着别人讲胡适什么，但可能他内心很矛盾，也很不安。据当时和他坐在一起的、当年哲学系主任郑昕先生告诉我们，晚餐时，他把面前的酒杯也碰翻了。他和胡适的确有一段非同寻常的友谊。当年，他从南京中央大学去北大教书是胡适推荐的。胡适很看重他，新中国成立前夕，胡适飞台湾，把学校的事务就委托给担任文学院院长的他和秘书长郑天挺。《人民日报》组织批判胡适，对他的打击很大，心理压力也很大。当晚，回到家里，他就表情木然，嘴角也有些歪了。如果有些经验，我们应该当时就送他上医院，但我们都以为他是累了，休息一夜就会好起来。没想到第二天他竟昏睡不醒，医生说这是大面积脑溢血！立即送到协和医院。马寅初校长对他十分关照，请苏联专家会诊，又从学校派了特别护士。他就这样昏睡了一个多月。

这以后，他手不能写，腿也不能走路，只能坐在轮椅上。但他仍然手不释卷，总在看书和思考问题。我尽可能帮他找书，听他口述，然后笔录下来。这样写成的篇章，很多收集在他的《饾饤札记》中。

这段时间，有一件事对我影响至深。汤老先生在口述中，有一次提到《诗经》中的一句诗："谁生厉阶，至今为梗。"我没有读过，也不知道是哪几个字，更不知道是什么意思。他很惊讶，连说，你《诗经》都没通读过一遍吗？连《诗经》中这两句常被引用的话都不知道，还算是中文系毕业生吗？我惭愧万分，只好说我们上大学时，成天搞运动；而且我是搞现代文学的，老师没教过这个课。后来他还是耐心地给我解释，"厉阶"就是"祸端"的意思，"梗"是"灾害"的意思。这句诗出自《诗经·桑柔》，全诗的意思是哀叹

在布达佩斯

周厉王昏庸暴虐，任用非人，人民痛苦，国家将亡。这件事令我感到非常耻辱，从此我就很发奋，开始背诵《诗经》。那时，我已在中文系做秘书和教师，经常要开会，我就一边为会议做记录，一边在纸页边角上默写《诗经》。直到现在，我还保留着当时的笔记本，周边写满了《诗经》中的诗句。我认识到作为一个中国学者，做什么学问都要有中国文化的根基，就是从汤老的教训开始的。

1958年我被划为极右派，老先生非常困惑，根本不理解为什么会这样。在他眼里，我这个年轻小孩一向那么革命，勤勤恳恳工作，还要跟资产阶级家庭划清界限，怎么会是右派呢？况且我被划为右派时，反右高潮早已过去。我这个右派是1958年2月最后追加的。原因是新来的校长说反右不彻底，要抓漏网右派。由于这个"深挖细找"，我们中国文学教研室新中国成立后新留的10个青年教师，8个都成了右派。我当时是共产党教师支部书记，当然是领头的，就成了极右派。当时我正好生下第二个孩子，刚满月就上了批斗大会！几天后快速定案，在对右派的6个处理等级中，我属于第二类：开除公职，开除党籍，立即下乡接受监督劳动，每月生活费16元。

汤老先生是个儒雅之士，哪里经历过这样疾风暴雨的阶级斗争，而且这斗争竟然就翻腾到自己的家里！他一向洁身自好，最不愿意求人，也很少求过什么人，这次，为了他的长房长孙——我的刚满月的儿子，他非常违心地找了当时的学校副校长江隆基，说孩子的母亲正在喂奶，为了下一代，能不能缓期去接受监督劳动。江隆基是1927年入党的，曾经留学德国，是一个很正派的人。他同意让我留下来喂奶8个月。后来他被调到兰州大学当校长，在"文化大革命"中受迫害上吊自杀了。我喂奶刚满8个月的那一天，下乡的通知立即下达。记得离家时,汤一介还在黄村搞"四清",未能见到一面。趁儿子熟睡,我踽踽独行,从后门离家而去。偶回头,看见汤老先生隔着玻璃门,向我挥了挥手。

我觉得汤老先生对我这个"极左媳妇"还是有感情的。他和我婆婆谈到我时,曾说,她这个人心眼直,长相也有福气! 1962 年回到家里,每天给汤老先生拿药送水就成了我的第一要务。这个阶段有件事,我终生难忘。那是 1963 年的五一节,天安门广场举办了盛大的游园联欢活动,集体舞跳得非常热闹。这是个复苏的年代,大跃进的负面影响逐渐成为过去,农村开始包产到户,反右斗争好像也过去了,国家比较稳定,理当要大大地庆祝一下。毛主席很高兴,请一些知识分子在五一节晚上到天安门上去观赏焰火、参加联欢。汤老先生也收到了观礼的请帖。请帖上注明,可以带夫人和子女。汤老先生就考虑,是带我们一家呢,还是带汤一介弟弟的一家? 当时我们都住在一起,带谁去都是可以的。汤老先生是一个非常细心的人,他当时可能会想,如果带了弟弟一家,我一定会特别难过,因为那时候我还是个"摘帽右派"。老先生深知成为"极右派"这件事是怎样深深地伤了我的心。在日常生活中,甚至微小的细节,他也尽量避免让我感到受歧视。两老对此,真是体贴入微。我想,正是出于同样的考虑，也许还有儒家的"长幼有序"罢。最后，他决定还是带我们一家去。于是，两位老人，加上我们夫妇和两个孩子，一起上了天安门。那天晚上，毛主席过来跟汤老先生握手，说他读过老先生的文章，希望他继续写下去。毛主席也跟我们和孩子们握了握手。我想，对于带我上天安门可能产生的后果，汤老先生不是完全没有预计，但他愿意冒这个风险，为了给我一点内心的安慰和平衡！回来后，果然有人写匿名信，指责汤老先生竟然把一个右派分子带上了天安门！带到了毛主席身边！万一她说了什么反动话，或是做了什么反动事，老先生能负得起这个责任吗？这封信，我们也知道，就是住在对面的邻居所写，其他人不可能反应如此之快！老先生沉默不语，处之泰然。好像一切早在预料之中。

不幸的是老先生的病情又开始恶化了。1964年孟春，他不得不又一次住进医院。那时，汤一介有胃癌嫌疑，正在严密检查，他的弟媳正在生第二个孩子，不能出门。医院还没有护工制度，"特别护士"又太贵。陪护的事，就只能由婆婆和我来承担。婆婆日夜都在医院，我晚上也去医院，替换我婆婆，让她能略事休息。记得那个春天，我在政治系上政论文写作，两周一次作文。我常常抱着一摞作文本到医院去陪老先生。他睡着了，我改作文，他睡不着，就和他聊一会儿天。他常感到胸闷，有时憋气，出很多冷汗。我很为他难过，但却完全无能为力！在这种时候，任何人都只能单独面对自己的命运！就这样，终于来到了1964年的五一劳动节。那天，阳光普照，婆婆起床后，大约6点多钟，

钻石婚纪念

我就离开了医院。临别时，老先生像往常一样，对我挥了挥手，一切仿佛都很正常。然而，我刚到家就接到婆婆打来的电话。她嚎啕大哭，依稀能听出她反复说的是："他走了！走了！我没有看好他！他喊了一句'五一节万岁'，就走了！"汤老先生就这样，平静地，看来并不特别痛苦地结束了他的一生。

过去早就听说汤老先生在北大开的课，有"中国佛教史""魏晋玄学""印度哲学史"，还有"欧洲大陆哲学"。大家都说像他这样，能够统观中、印、欧三大文化系统的学者

恐怕还少有。和汤老先生告别 17 年后，我有幸来到了他从前求学过的哈佛大学，我把汤老先生在那里的有关资料找出来看了一遍，才发现他在哈佛研究院不仅研究梵文、佛教、西方哲学，并还对"比较"、特别是对西方理论和东方理论的比较，有特殊的兴趣。汤老先生在美国时，原是在另一所大学念书，是吴宓写信建议他转到哈佛的。他在哈佛很受著名的比较文学家白璧德的影响，他在哈佛上的第一堂课就是比较文学课。吴宓和汤老先生原是老朋友，在清华大学时就非常要好，还在一起写过一本武侠小说。我对他这样一个貌似"古板"的先生也曾有过如此浪漫的情怀很觉惊奇！白璧德

最后的散步

先生是比较文学系的系主任，是这个学科和这个系的主要奠基人，对中国文化特别是儒家十分看重。在他的影响下，一批中国的青年学者，开始在世界文化的背景下，重新研究中国文化。汤老先生回国后，就和吴宓等一起组办《学衡》杂志。现在看来，在五四新文化运动中，激进派与"学衡派"的分野就在于，一方要彻底抛弃旧文化，一方认为不能割断历史。学衡派明确提出了"昌明国粹、融化新知"的主张。汤老先生那时就特别强调古今中外的文化交汇，提出要了解世界的问题在哪里，自己的问题在哪里；要了解人家的最好的东西是什么，也要了解自己最好的东西是什么；还要知道怎么才能适合各自的需要，向前发展。他专门写了一篇"评近人之文化研究"来阐明自己的主张。研究学衡派和汤老先生的学术理念，是我研究比较文学的一个起点。

正是从这一点出发，我认为中国的比较文学同西方的比较文学是不一样的。西方的比较文学在课堂中产生，属于学院派；中国的比较文学却产生于时代和社会的需要。无论是五四时期，还是20世纪80年代，中国知识分子都是从自己的需要出发向西方学习的。中国比较文学就产生于这样的中西文化交流之中。事实上，五四时期向西方学习的人，都有非常深厚的中国文化底蕴，像吴宓、陈寅恪、汤老先生和后来的钱钟书、宗白华、朱光潜等，他们都懂得怎样从中国文化出发，应该向西方索取什么，而不是"跟着走""照着走"。

汤老先生离开我们已近半个世纪，他的儒家风范，他的宽容温厚始终萦回于我心中，总使我想起古人所说的"即之也温"的温润的美玉。记得在医院的一个深夜，我们聊天时，他曾对我说，你知道"沉潜"二字的意思吗？沉，就是要有厚重的积淀，真正沉到最底层；潜，就是要深藏不露，安心在不为人知的底层中发展。他好像是在为我解释"沉潜"二字，但我知道他当然是针对我说的。我本来就习惯于什么都从心里涌出，没有深沉的考虑；又比较注意表面，缺乏深藏的潜质；当时我又正处于见不到底的"摘帽右派"的深渊之中，心里不免抑郁。"沉潜"二字正是汤老先生对我观察多年，经过深思熟虑之后，给我开出的一剂良方，也是他最期待于我的。汤老先生的音容笑貌和这两个字一起，深深铭刻在我心上，将永远伴随我，直到生命的终结。

真情永在
——重读季羡林先生的散文

多少年来，我最喜欢的是季羡林先生的散文。多少年过去了，记得在那些严酷的日子里，我所喜爱的文学作品并没有离我而去，倒是给我安慰，给我排解，常常在我心中萦绕。其中就有季羡林先生的一篇短文《寂寞》，在这篇短文中，先生将寂寞比喻为天空里破絮似的灰暗的云片，像一帖帖的膏药，将一颗无依无靠的心完全糊满封死。那时，我一个人天天在山野牧猪，我真觉得那些灰暗的云片就要将我这颗无依无靠的寂寞的心完全糊满封死，真可以"不识不知，顺帝之则"了！我又常想起先生描摹的那棵美丽的树：

春天，它曾嵌着一颗颗火星似的红花，辉耀着，像火焰；夏天，它曾织着一丛茂密的绿，在雨里凝成浓翠，在毒阳下闪着金光；然而，在这严酷的冬天，它却只剩下刺向灰暗天空的、丫杈着的、光秃秃的枯枝了。

　　我问自己：我的生命还刚刚开始，难道就成了那枯枝吗？幸而先生最后说：

　　这枯枝并不曾死去，它把小小的温热的生命力蕴蓄在自己的中心，外面披上刚劲的皮，忍受着北风的狂吹；忍受着白雪的凝固；忍受着寂寞的来袭，切盼着春的来临。

　　这些话给过我那么多亲切的希望和安慰，时隔40余年，我至今仍难忘怀。

　　什么是文学？我想这就是文学。1934年先生身在异国他乡抒写自己远离故土，深感寂寞的情思。先生写这篇文章时，我才3岁。谁能料到就是这篇字数不多，"非常个人"的短文能够在20多年后，在完全不同的环境下，引起一个像我这样的人的共鸣，并使我从它那里得到这么多的安慰和启迪呢？时日飞逝，多少文字"灰飞烟灭"，早已沉没于时间之海，唯有那出自内心的真情之作才能永世长存，并永远激动人心。真情从来是文学的灵魂，在中国尤其如此。出土不久并被考古学家认定为制作于公元前300年左右的郭店竹简已经指出："凡声，其出于情也信，然后其入拨人之心也厚。"

（《性自命出》）不正是说明这个道理吗？

中华民族是一个十分重情的民族，抒情诗从来是我国文学的主流。虽然历代都不乏道学先生对此说三道四，如说什么"有情，恶也""以性禁情"之类，但却始终不能改变我国文学传统之以情为核心。最近从郭店竹简中读到，原来孔孟圣人的时代，就有人强调"道始于情，情生于性"，又说："凡人情为可悦也，苟以其情，虽过不恶；不以其情，虽难不贵。"可见情的传统在我国是如何之根深叶茂！窃以为先生散文之永恒价值就在于继承了中国传统的这个"情"字。试读先生散文四卷，虽然有深有浅，但无一篇不是出自真情。

但是，只有真情还不一定能将这真情传递于人，古人说"情动于中而形于言"，这"形于言"才是真情是否能传递于人的关键。而"情景相触"构成"意境"，又是成功地"形于言"的关键之关键。

在先生20世纪90年代的作品中，《二月兰》是我最喜欢的一篇。二月兰是一种常见的野花，花朵不大，紫白相间，花形和颜色都没有什么特异之处。然而，每到春天，和风一吹拂，校园内，眼光所到处就无处不有二月兰在。这时，"只要有孔隙的地方，都是一团紫气，间以白雾，小花开得淋漓尽致，气势非凡，紫气直冲云霄，连宇宙都仿佛变成紫色的了。"如果就这样写二月兰，美则美矣，但无非也只是一幅美"景"，先生的散文远不止此。先生随即把我们带到"当年老祖（先生的婶母，多年和先生同住）还活着的时候"：每到二月兰花开，她往往拿一把小铲，到成片的二月兰旁青草丛里去挖荠菜，"只要看到她的身影在二月兰的紫雾里晃动，我就知道在午餐或晚餐的餐桌上必然弥漫着荠菜馄饨的清香"。巴金先生唯一的爱女婉如活着时，每次回家，只要二月兰正在开花，她也总是"穿过左手是二月兰的紫雾，右手是湖畔垂柳的绿烟，匆匆忙忙走去，把我的目光一直带到湖对岸的拐弯处"。而"我的小猫虎子和咪咪还在世的时候，我也往往在二月兰丛里看到她们：一黑一白，在紫色中格外显眼"。1993年这一年，先生失去了两位最挚爱、最亲近的家人，连那两只受尽宠爱的小猫也遵循自然规律离开了人世。"老祖和婉如的死，把我的心都带走了。虎子和咪咪我也忆念难忘。如今，天地虽宽，阳光虽照样普照，我却感到无边的寂寥和凄凉。回忆这些往事，如云如烟，原来是近在眼前，如今却如蓬莱灵山，可望而不可即了。"

唐朝著名诗人刘禹锡说："境生象外"，如果用于这篇文章，那么，"象"是那有形的、具体的二月兰之"景"，而"境"是在同一景色下，由许多物象、环境、条件、气氛、情感酝酿、叠加而成的艺术创造；也就是在一片紫色的烟雾里，有老祖，有婉如，有虎子和咪咪，寄托着老人深邃情思的描写。这当然远远超出于"象"外，不是任何具体的、同样呈现于各人眼前的自然之"景"（象）所能代替的。这"境"大概也就是刘勰在《文心雕龙》中所说的"情以物兴，物以情观""物我双会，心物交融"的结果罢。

有了这样浸润着情感的、由作者所创造的"境"，已经可以说是一篇好文章或好诗了，但先生的散文往往还不止于此。正如现象学美学家杜夫海纳所说，审美客体是有深度的，这种深度的呈现是对一个新世界的开启。这个新世界的开启有赖于打开主体人格的一个新的侧面，如果只停留于日常表面的习惯性联系之中，这个新的世界就不会出现；只有主体达到审美情感的深度，审美对象的深度才会敞亮出来。《二月兰》正是在我们面前展现了一个我们过去见到二月兰时从未向我们呈现的新的世界！

下面是先生写的有关二月兰怒放的一段描述："二月兰一怒放，仿佛从土地深处吸来一股原始力量，一定要把花开遍大千世界，紫气直冲云霄，连宇宙都仿佛变成紫色。"每当读到这里，我就不禁想起鲁迅写的："猛士出于人间"，"天地为之变色"，想起在各种逆境中巍然屹立的伟大人格，也仿佛看到了先生的身影。西方文论常谈"移情作用",意谓作者常使周围环境点染上自己的悲欢。《二月兰》恰好反用其意:当"我感到无边的寂寞和凄凉","我的二月兰"却"一点也无动于衷,照样自己开花……一团紫气,间以白雾,小花开得淋漓尽致,气势非凡,紫气直冲云霄"!在"文化大革命"那些"一腔义愤,满腹委屈,毫无人生之趣"的日子,"二月兰依然开放,怡然自得,笑对春风";十年浩劫结束,人世有了天翻地覆的变化,二月兰也还是"沉默不语,兀自万朵怒放,紫气直冲霄汉"!是的,和永恒无穷的大自然相比,人生是多么短暂,世间那小小的悲欢又是多么的不值一提!二月兰,"应该开时,它们就开,该消失时,它们就消失。它们是'纵浪大化中',一切顺其自然,自己无所谓什么悲与喜。我的二月兰就是这个样子"。从二月兰,我又一次看到先生人格的另一个侧面。

然而,人毕竟不能无情,不能没有自己的悲欢。特别是对那些"世态炎凉"中的"不炎凉者",那些曾经"用一点暖气"支撑着我们,使我们不至"坠入深涧"的人们,我们总是不能不怀着深深的眷恋。当他们与世长辞,离我们而去,与他们相处的最平凡的日子就会成为我们内心深处最珍贵的记忆。"午静携侣寻野菜,黄昏抱猫向夕阳,当时只道是寻常"，这些确实寻常的场景，当它随风而逝、永不再来时，在回忆中是何等使人心碎啊！当我们即将走完自己的一生，回首往事，浮现于我们眼前的，往往并不是那些所谓最辉煌的时刻，而是那些最平凡而又最亲切的瞬间！先生以他心内深邃的哲理，为我们开启了作为审美客体的二月兰所能蕴含的、从来不为人知的崭新的世界。

如果说展现真情、真思于情景相触之中，创造出令人难忘、发人深思的艺术境界是先生散文的主要内在特色，那么，这些内在特色又如何通过文学唯一的手段——语言得到完美的表现？也就是说这些内在特色如何借语言而凝结为先生散文特有的文采和风格呢？窃以为最突出之点就是先生自己所说的："形式似散，经营惨淡"，所谓"散"，就是漫谈身边琐事，泛论人情世局，随手拈来，什么都可以写；所谓"似散"，就是并非"真散"，而是"写重大事件而不觉其重，状身边琐事而不觉其轻"。写重大事件而觉其重，那就没有了"散"；状身边琐事而觉其轻，那就不是"似散"而是真"散"了。惟其是"散"，所以能娓娓动听，逸趣横生；惟其不是"真散"，所以能读罢掩卷，因小见大，余味无穷。

要做到这样的"形散而实不散"实在并非易事，那是惨淡经营的结果。这种经营首先表现在结构上先生的每一篇散文，几乎都有自己独具匠心的结构。特别是一些回环往复，令人难忘的晶莹玲珑的短小篇章，其结构总是让人想起一支奏鸣曲、一阕咏叹调，那主旋律几经扩展和润饰，反复出现，余音袅袅。先生最美的写景文章之一《富春江上》就是如此。那"江水平阔，浩渺如海；隔岸青螺数点，微痕一抹，出没于烟雨迷蒙中"就像一段如歌的旋律始终在我们心中缭绕。无论是从吴越鏖战引发的有关人世变幻的慨叹，还是回想诗僧苏曼殊"春雨楼头尺八箫，何时归看浙江潮"的吟咏；无论是与黄山的比美，还是回忆过去在瑞士群山中"山川信美非吾土"的落寞之感的描述，都一一回到这富春江上"青螺数点，微痕一抹，出没于烟雨迷蒙中"的主旋律。直到最后告别这奇山异水时，还是："惟见青螺数点，微痕一抹，出没于烟雨迷蒙中"，兀自留下这已呈现了千百年的美景面对宇宙的永恒。这篇散文以"到江吴地尽，隔岸越山多"的诗句开头，引入平阔的江面和隔岸的青山。这开头确是十分切题而又富于启发性，有广阔的发展余地，一直联系到后来的吴越鏖战、苏曼殊的浙江潮、江畔的鹳山、严子陵的钓台。几乎文章的每一部分都与这江水、这隔岸的远山相照应，始终是"复杂中见统一，跌宕中见均衡"。

除了结构的讲究，先生散文的语言特色是十分重视在淳朴恬澹，天然本色中追求繁富绚丽的美。在先生笔下，燕园的美实在令人心醉。"凌晨，在熹微的阳光中，初升的太阳在长满黄叶的银杏树顶上抹上了一缕淡红"（《春归燕园》），暮春三月，办公楼两旁的翠柏"浑身碧绿扑人眉宇，仿佛是从地心深处涌出来的两股青色的力量。喷薄腾越，顶端直刺蔚蓝色的晴空"。两棵西府海棠"枝干繁茂，绿叶葳蕤"，"正开着满树繁花，已经绽开的花朵呈粉红色，没有绽开的骨朵呈鲜红色，粉红与鲜红，纷纭交错，宛如天半的粉红色彩云"（《怀念西府海棠》）。还有那曾经笑傲未名湖幽径的古藤萝，从下面无端被人砍断，"藤萝初绽出来的一些淡紫的成串的花朵，还在绿叶丛中微笑……不久就会微笑不下去，连痛哭也没有地方了"（《幽径悲剧》）。这些描写绝无辞藻堆砌，用词自然天成，却呈现出如此丰富的色彩之美！

先生写散文，苦心经营的，还有另一个方面，那就是文章的音乐性。先生遣词造句，十分注重节奏和韵律，句式参差错落，纷繁中有统一，总是波涛起伏，曲折幽隐。在《八十述怀》中，先生回顾了自己的一生："我走过阳关大道，也走过独木小桥。路旁有深山大泽，也有平坡宜人；有杏花春雨，也有塞北秋风；有山重水复，也有柳暗花明；有迷途知返，也有绝处逢生。路太长了，时间太长了，影子太多了，回忆太重了。"这些十分流畅、一气呵成的四字句非常讲究对仗的工整和音调的平仄合辙，因此读起来铿锵有力，既顺口又悦耳，使人不能不想起那些从小背诵的古代散文名篇；紧接着，先生又用了最后四句非常"现代白话"的句式，四句排比并列，强调了节奏和复沓，与前面的典雅整齐恰好构成鲜明的对比。这些都是作者惨淡经营的苦心，不仔细阅读是不易体会到的。

　　每次读先生的散文都有新的体味。我想那原因就是文中的真情、真思、真美。

永恒的真诚
——难忘废名先生

1948年夏天，我从遥远的山城来到全国最高学府北京大学，又来到北京大学顶尖的系——中文系，心里真是美滋滋的。当时，震撼全国的"反迫害、反饥饿"学生运动刚刚过去，许多黑名单上有名的学生领袖都已"潜入"解放区；新的"迎接解放"的大运动又还尚未启动，因此九月初入学的新同学都有一段轻松的时间去领略这历史悠久、传统绵长的学府风光。

我深感这里学术气氛十分浓厚，老师们都是博学高雅，气度非凡。

我最喜欢的课是沈从文先生的大一国文和废名先生的现代文学作品分析。沈先生用作范本的都是他自己喜欢的散文和短篇小说，从来不用别人选定的大一国文教材。

废名先生讲课的风格全然不同，他不大在意我们是在听还是不在听，也不管我们听得懂听不懂。他常常兀自沉浸在自己的思绪中。他时而眉飞色舞，时而义愤填膺，时而凝视窗外，时而哈哈大笑，他大笑时常常会挨个儿扫视我们的脸，急切地希望看到同样的笑意，其实我们并不知道他为什么笑，也不觉得有什么可笑，但不忍拂他的意，或是觉得他那急切的样子十分可笑，于是，也哈哈大笑起来。上他的课，我总喜欢坐在第一排，盯着他那"古奇"的面容，想起他的"邮筒"诗，想起他的"有身外之海"，还常常想起周作人说的他像一只"螳螂"，于是，自己也失落在遐想之中。现在回想起来，这种类型的讲课和听课确实少有，它超乎于知识的授受，也超乎于一般人说的道德的"熏陶"，而是一种说不清、道不明的"爱心"、"感应"和"共鸣"。

可惜，这样悠闲自在的学院生活很快就消逝得无影无踪。随着解放军围城炮火的轰鸣，我和一部分参加地下工作的同学忙着校对秘密出版的各种宣传品；绘制重要文物所在地草图以帮助解放军选择炮弹落点时注意保护；组织"面粉银行"，协助同学存入面粉，以逃避空前的通货膨胀……有一天一枚炮弹突然在附近的北河沿爆炸，解放军入城的日子越来越近，全校进入紧张的"应变"状态，上课的人越来越少，所有课程终于统统不停自停。

再见到废名先生，已是在 1950 年春天了。这时，沈从文先生已断然弃绝了教室和文坛，遁入古文物研究；而废名先生却完全不同，他毫不掩饰他对共产党的崇拜和他迎接新社会的欢欣。他写了一篇长达数万字的《一个中国人读了〈新民主主义论〉后欢喜的话》，亲自交给了老同乡、老相识董必武老人，甚至他还在并没有任何人动员的情况下，写了一份入党申请书交给了中文系党组织。我相信这一定是中文系党组织收到的第一份教师入党申请。废名先生根本不考虑周围的客观世界，只是凭着自己内心的想象和激情，想怎么做就怎么做；他没有任何自命清高的知识分子架子，更不会考虑背后有没有人议论他"转变太快""别有所图"之类。因为他的心明澈如镜，容不得一丝杂质，就像尼采所说的那种没有任何负累的婴儿，心里根本装不下这样的事！记得当时我是学生代表，常常参加中文系的系务会议。有一次和他相邻而坐，他握着我的手，眼睛发亮，充满激情地对我说："你们青年布尔什维克就是拯救国家的栋梁。"

此后，迎来了新中国成立后的第一次"教学改革"，无非是小打小闹，"上级"既没有听过课，又没有研究，只是把中文系的全部课程排了一个队，姑且从名目上看一看哪些可能有封建主义和资本主义之嫌。废名先生开了多年的"李义山诗中的妇女观"不幸首当其冲，在立即停开之列。那次由杨晦先生宣布停开课程名单的系务会议，气氛很沉重，大家都黯然，只有我和另一个学生代表夸夸其谈，说一些自己都不明白的话。会后，废名先生气冲冲地对我说：你读过李义山的诗吗？你难道不知道他对妇女的看法完全是反封建的吗？他的眼神又愤怒又悲哀，我永远不能忘记！此后，很少再见到废名先生，开会他也不来了，于是他成为众人眼目下的"落后分子"。

没有想到1951年的土地改革又重新燃起了他的激情。这年冬天，中文系和历史系的师生组成了"土改16团"，浩浩荡荡开赴江西吉安专区。当时教授们是自由参加，并非一定要去。中文系随团出发的教授只有废名先生和唐兰先生等少数几位，一些以进步闻名的教授倒反而没有同行。再见废名先生时，我很为过去说过那些浅薄无知的话而深感愧疚，但他却好像早已忘怀，一路有说有笑，说不尽他对故乡农民的怀念，回忆着他和他们之间的种种趣事，为他们即将获得渴望已久的土地而兴奋不已。

我们中文系这个小分队被分配在吉安专区的潞田乡。有缘的是我和废名先生竟分在同一个工作组，共同负责第三代表区的工作。潞田乡共分七个代表区，两个代表区在山里，四个代表区分布于附近的几个村落，第三代表区就在潞田镇。由于情况比较复杂，开始时，我们没有住进农民家而是住在镇公所。镇公所是一幢两层楼的木板房，楼下一间是堂屋，一间可以住人，楼上一般用来堆杂物。相当长一段时间，我和废名先生白天一起"访贫问苦"，在老乡家吃派饭，晚上废名先生住在楼下，我住在楼上。因为听不懂江西话，我们的"访贫问苦"收效甚微。这时，反对"和平土改"，将阶级斗争进行到底的运动在江西全省，开展得如火如荼。比较富足的潞田乡被定为反对"和平土改"的典型。我们进展迟缓的工作受到了严厉批评，上级派来了新的地方干部，一位新近复员的连长。他的确立场坚定，雷厉风行，不到半个月，他就成功地发动了群众，揪出 8 名地主，宣判为恶霸、特务、反革命，判处死刑，立即执行，并暴尸三天，以彻底打倒地主阶级的威风，长贫下中农的志气！为首第一名被定名为反革命恶霸地主的是多年在我们住的这所小木屋里办公的潞田镇镇长。我和废名先生看得目瞪口呆，"汗不敢出"。北大土改工作队又不断发文件、开大会，批判资产阶级人道主义，号召各自检查立场，主动接受"阶级斗争的洗礼"。废名先生不再说话，我也觉得无话可说，只是夜半时分常常想起那个脑袋迸裂，流出了白花花脑浆的镇长，总觉得他正从楼下一步步走上楼来，吓得一身冷汗，用被子蒙着头。

天越来越冷，废名先生的身体也越来越弱。他很少出门，也不大去吃派饭，上级领导念他年老体弱，特准他在屋里生一个小煤球炉做饭吃。我仍然每天出去开会，协助农民分山林、分田地，造名册、丈量土地、登记地主浮财等等。我最喜欢的工作是傍晚的妇女扫盲班，和一大群大姑娘、小媳妇打打闹闹，教她们识字、唱歌，讨论男女平等，热闹非凡，一天的烦累似乎也都就此一扫而光。因此，我每天回来都很晚，这时废名先生屋里的豆油灯通常已经熄灭。

有一天我回来，废名先生屋里的灯光仍然亮着，小木屋里散发出一股炖肉的浓香。我一进门，废名先生就开门叫我，说是好不容易买了两副猪腰子，碰巧又买到了红枣，这是湖北人最讲究的大补，一定要我喝一碗。我不忍拂先生的好意，其实自己也很馋，就进门围着火炉和先生坐在一起。也许是太寂寞，也许是很久没有说话，废名先生滔滔不绝，和我拉家常。我们似乎有默契，都小心地避开了当下的情境。事隔多年，我们谈了什么已经不大记得清，但有两点，因为与我素来的想法大相径庭，倒是长留在记忆里。

印象最深的是他说他相信轮回，相信人死后灵魂长在。

他甚至告诉我他的的确确遇见过好几次鬼魂，都是他故去的朋友，他们都坐在他对面，和他谈论一些事情，和生前没有两样。他告诉我不应轻易否定一些自己并不明白，也无法证明其确属乌有的事。因为和我们已知的事相比，未知的事实在是太无边无际了。太多我们曾认为绝不可能的事，"时劫一会"，就都成了现实。他又问我对周作人怎么看，我回说他是大汉奸，为保全自己替日本鬼子服务。废名先生说我又大错特错了，凡事都不能抽空了看，不能只看躯壳。他认为周作人是一个非常复杂而有智慧的人，他宁可担百世骂名而争取一份和日本人协调的机会，保护了北京市许多文物。废名先生说，义愤填膺的战争容易，宽容并作出牺牲的和平却难，事实上，带给人类巨大灾难的并不是后者而是前者。废名先生关于已知和未知的理论至今仍然是我对待广大未知领域的原则，他的关于战争与和平的理论我却始终是半信半疑。如今，恐怖与反恐怖之战遍及全球，我又不能不常想起先生"和平比战争更难"的论断。

伟大的土地革命运动终于告一段落，废名先生一直坚持到最后。唐兰先生却早就回校了。记得下乡不久，忽然来了一纸命令，急调唐兰先生立刻返回北京，接受审查。那时，城市里反贪污、"打老虎"的运动正是如火如荼，有消息传来，说唐先生倒卖文物字画，是北大数得上的特大"老虎"！后来，土地改革胜利结束，我们做完总结，"打道回府"，听说唐兰先生还在接受审查，问题很严重。过不久，又听说唐兰先生其实没有什么问题，无非是"事出有因，查无实据"。又过了一些时候，听说唐兰先生已经离开了人世。我和废名先生却一直保持着联系，1952年院系调整，所谓"大分大合"，正值"大分"之时。中文系大解体，四位教授分到吉林大学，还有一些教授分到内蒙古。废名先生到吉林后心情很抑郁，虽然有时强作欢快，但仍然透露着迟暮与失落。他还给我写过好几封信，我一直珍藏，最终毁于"文革"。

我见废名先生最后一面是在1954年夏天。那时我已留任中文系助教，随工会组织的旅游团去东北。我之所以选择东北，完全是为了去长春看望废名先生。当时先生的视力已经很差，昔日那种逼人的炯然目光已经不再。但他见到我们几个年轻人时，却陡然振奋起来，我仿佛再见到那个写《读了〈新民主主义论〉后欢喜的话》的欢喜的"中国人"！他紧握我的手，往事涌上心头，化作潸然老泪，我也忍不住热泪盈眶。废名先生毫不掩饰他见到我们时所感到的内心的快乐，简直就像一个孩子，我不禁又想起那一句老子的话："复归于婴"。他执意要请我们去长春一家最豪华的餐馆吃饭，他说非这样不足以显示出他内心的欢喜。

从大连回来，等着我们的是无尽无休的、必须天天讲、月月讲的阶级斗争，我再也没有见到废名先生，没有听到他的消息，由于太紧张的生活，甚至没有再想起他！后来，到尘埃落定之时，才听说废名先生在长春一直很不快乐，没有朋友，被人遗忘。还曾听有人说在"文革"中，"革命小将"把他关在一间小屋里，查不出任何问题，遂扔下不管；病弱的老伴不知道他身在何处，无法送饭，废名先生是活活饿死的！我听了不胜嘘唏，倒也不以为奇，在那个时候，这种事情司空见惯。后来又听说此说不真，废名先生是有病，得不到应有的医疗条件而孤独地离开了人世。

　　先生的学术著作硕果累累，也曾有过宏伟的学术研究规划。他是大海，能容下一切现代的、传统的，新派的、旧派的，开阔的、严谨的、大刀阔斧的和拘泥执着的。在为我的一本小书写的序言中，他特别提出："每个人如果能根据自己的精神素质和知识结构、思维特点和美学爱好等因素来选择结合自己特点的研究对象、角度和方法，那就能够比较充分地发挥自己的才智，从而获得更好的成就。"这些话一直给我力量和信心，催我前进。

　　先生的音容笑貌、幽默的谈吐、富于穿透力的锋利的眼神、出自内心却总带几分反讽意味的笑声以及他那冷峻的外表下深藏着的赤子的热忱……这一切对我是如此亲切，如此熟悉！难道这一切都永远消逝，只留下一撮无言的灰烬？

　　记得最后一次去先生家，已是1989年深秋季节。古老的庭院，树叶在一片片飘落，那两头冰冷的大石狮子严严把守着先生的家门，更增添了气氛的悲凉和压抑。我东拉西扯，想分散先生的注意力，和他谈些轶闻琐事，但先生始终忧郁，我也越谈越不是滋味，终于两人相对潸然。

　　最后一面见先生，是在苏州的寒山寺。先生原已抱病，却执意要参加他担任了10年会长之久的中国现代文学学会的苏州理事会。会议在风和日丽中圆满结束，先生作了总结，告别了大家，安排了明年年会。没想到最后一天游览，寒流猛至，北风凛冽，先生所带衣物不多，却坚持要上寒山古寺，一登那古今闻名的钟楼。"姑苏城外寒山寺，夜半钟声到客船"，先生花了三块钱，换来古钟三击。钟声悠扬凄厉，余音袅袅，久久不息。不知道为什么，我的心在寒风中战栗，总觉得听出了一点什么不祥之音！先生击钟，在呼唤谁？在思念谁？在为谁祝愿？在为谁祈福？这钟声，为谁而鸣？先生终于未能完成他的心愿，从苏州到上海，一病不起。我几次动念去上海医院看望他，终因杂事缠身未能成行，留下了永远的遗憾。

先生少年时本是一个热血爱国青年，1934年，20岁，他以优异成绩考入清华大学中文系，当即参与反对"华北自治"的抗日爱国学生运动，并成为其中骨干；1935年，他参加了抗日救亡的"一二九"运动；1936年5月，加入中国共产党，11月受命主编《清华周刊》。1937年暑假，回乡度假，抗战爆发，因战乱未能随学校南迁，与党组织失去联系。先生曾因此作为叛徒嫌疑人被多次批斗。"文化大革命"后，先生曾多次对我谈及知识分子的命运，他说，中国知识分子都是"3H"人士，所谓"3H"就是：Hopeless（无望），Helpless（无助），Be humble（卑微）。我想这是他作为知识分子对自己一生的回顾。这与他生命后期被广为传诵的三句话是一脉相承的，这三句话是："不说白不说，说了也白说，白说也要说！"我理解其意思是：对各种不合理现象不应视而不见，明知说了也没用，但没用也要说！这正说明一个知识分子虽然无望、无助而卑微，但仍要有自己的操守和坚持。

先生于 1989 年与世长辞。

刻骨铭心
——为了遗忘的记忆

    我的祖国终于摆脱了 30 年来的苦难，进入了一个前所未有的和平发展新阶段。我深知这一切来之不易，是多少人殚思竭虑，无私奉献的结果。我不愿再用过去的苦痛来增添今日的负累，宁愿让我们自己肩起苦痛的闸门，将人们引向更宽容、更解放、更快乐的精神世界。然而，人生在世，总有一些人物、一些场景，涌动于情，铭刻于心，值此半世纪已然逝去之际，我愿将三位密友不幸的故事写在这里，不是为了铭记，而是为了遗忘，但又不是任其消失，而是暂时隐没于历史的烟尘，期待被未来的历史学家在更宏大的视野中重新钩沉。

20世纪50年代北大中文系的第一位研究生朱家玉

    你曾注意到未名湖幽僻的拱桥边，那几块发暗的大青石吗？那就是我和她经常流连忘返的地方。1952 年院系调整，我和她一起大学毕业，一起从沙滩红楼搬进燕园，她成了新中国成立后中文系第一个研究生，我则因工作需要，选择了助教的职业。我们的生活又忙碌，又高兴，无忧无虑，仿佛前方永远处处是鲜花、芳草、绿茵。她住在未名湖畔，那间被称为"体斋"的方形阁楼里。我一有空，就常去找她，把她从书本里揪出来，或是坐在那些大青石上聊一会儿，或是沿着未名湖遛一圈。尤其难忘的是我们这两个南方人偏偏不愿放弃在冰上翱翔的乐趣，白天没空，又怕别人瞧见我们摔跤的窘态，只好相约晚上十一二点开完会（那时会很多）后，去学滑冰。这块大青石就是我们一起坐着换冰鞋的地方。我们互相扶持，蹒跚地走在冰上，既无教练、又无人保护，我们常常在朦胧的夜色中摔成一团，但我们哈哈大笑，仿佛青春、活力、无边无际的快乐从心中满溢而出，弥漫了整个夜空。

她是上海资本家的女儿，入党时很费了一番周折。记得那是 1951 年春天，我们正在热火朝天地学习文件，准备开赴土地改革最前线。她的父亲却一连打来了十几封电报，要她立即回上海，说是已经联系好，有人带她和她姐姐一起经香港去美国念书，美国银行里早已存够了供她们念书的钱。她好多天心神不宁，矛盾重重。我当然极力怂恿她不要去，美国再好，也是别人的家，而这里的一切都属于我们自己，祖国的山，祖国的水，我们自幼喜爱的一切，难道这些真的都不值得留恋么？我们一起读马克思的书，讨论"剩余价值"学说，痛恨一切不义的剥削。她终于下定决心，稍嫌夸张地和父亲断绝了一切关系。后来，她的父亲由于愤怒和伤心，不久就离开了人世。在"土改"中，她表现极好，交了许多农民朋友，老大娘、小媳妇都非常喜欢她。"土改"结束，她就作为剥削阶级子女改造好的典型，被吸收入党。

农村真的为她打开了一片崭新的天地，她在"土改"中收集了很多民歌，一心一意毕生献身于发掘中国伟大的民间文学宝藏。当时北大中文系没有指导这方面研究生的教授，她就拜北京师范大学的钟敬文教授为师。她学习非常勤奋，仅仅三年时间就做了几大箱卡片，发表了不少很有创见的论文。直到她逝去多年，年近百岁的钟敬文教授提起她来，还是十分称赞，有时，还会为她的不幸遭遇而老泪潸然。

她的死对我来说，始终是一个谜。我们最后一次见面，就是在这拱桥头的大青石边。那是1957年6月，课程已经结束，我正怀着我的小儿子。她第二天即将出发，渡海去大连，她一向是工会组织的这类旅游活动的积极参加者。她递给我一大包洗得干干净净的旧被里、旧被单，说是给孩子做尿布用的。她说她大概永远不会做母亲了。我知道她深深爱恋着我们系的党总支书记，一个爱说爱笑、老远就会听到他的笑声的共产党员。可惜他早已别有所恋，她只能把这份深情埋藏在心底并为此献出一生。这个秘密只有我一个人知道。当时，我猜她这样说，大概和往常一样，意思是除了他，再没有别人配让她成为母亲罢。我们把未来的孩子的尿布铺在大青石上，舒舒服服地坐在一起，欣赏着波动的塔影和未名湖上夕阳的余晖。直到许多年以后，我仍不能相信这原来就是她对我、对这片她特别钟爱的湖水，对周围这花木云天的最后的告别式，这是永远的诀别！

她一去大连就再也没有回来！在大连，她给我写过一封信，告诉我她的游踪，还说给我买了几粒非常美丽的贝质纽扣，还要带给我一罐美味的海螺。但是，她再也没回来！她究竟是怎么死的，谁也说不清楚。人们说，她登上从大连回天津的海船，全无半点异样。她和同行的朋友们一起吃晚饭，一起玩桥牌，直到入夜11点，各自安寝。然而，第二天早上同伴们却再也找不到她，她竟这样无声无息地离开了人世，永远消失，全无踪影！我在心中假设着各种可能，唯独不能相信她是投海自尽！她是这样爱生活，爱海，爱天上的圆月！她一定是独自去欣赏那深夜静寂中的绝对之美，于不知不觉中失足落水，走进了那死之绝对！她一定是无意中听到了什么秘密，被恶人谋杀以灭口；说不定是什么突然出现的潜水艇，将她劫持而去；说不定是有什么星外来客，将她化为一道电波，与宇宙永远冥合为一！

这时，"反右"浪潮已是如火如荼，人们竟给她下了"铁案如山"的结论：顽固右派，叛变革命，以死对抗，自绝于人民。根据就是在几次有关民间文学的"鸣放"会上，她提出党不重视民间文学，以至有些民间艺人流离失所，有些民间作品湮没失传；她又提出五四时期北大是研究民间文学的重镇，北大主办的《歌谣周刊》成绩斐然，如今北大中文系却不重视这一学科。不久，我也被定名为"极右分子"，我的罪状之一就是给我的这位密友通风报信，向她透露了她无法逃脱的、等待着她的右派命运，以至她"畏罪自杀"，因此我负有"血债"。还有人揭发她在大连时曾给我写过一封信（就是谈到美丽纽扣和美味海螺的那封），领导"勒令"我立即交出这封信，不幸我却没有保留信件的习惯，我越是忧心如焚，这封信就越是找不出来，信越是交不出来，人们就越是怀疑这里必有见不得人的诡计！尽管时过境迁，转瞬 50 年已经过去，如今蓦然回首，我还能体味到当时那股焦灼和冷气之彻骨！

1981年，我在美国哈佛大学进修，普林斯顿大学的一个朋友突然带来口信，说普林斯顿某公司经理急于见我一面，第二天就会有车到我住处来接。第二天汽车穿过茂密的林荫道，驶入一家幽雅的庭院，一位衣着入时的中年女性迎面走出来。我惊呆了！她分明就是我那早在海底长眠的女友！然而不是，这是女友的长姊——她1951年遵从父命，取道香港，用资本家的钱到美国求学，而颇有成就。她泪流满面，不厌其详地向我询问有关妹妹生活的每一个细节。我能说什么呢？承认我劝她妹妹留在祖国，劝错了吗？诉说生活对这位早夭的年轻共产党员的不公吗？我甚至说不清楚她究竟如何死，为什么而死！我只能告诉她，我的女友如何爱山、爱海、爱海上的明月，爱那首咏叹"沧海月明珠有泪"的美丽的诗！如今，她已化为一颗明珠，浮游于沧海月明之间，和明月沧海同归于永恒。

新时期知识界的北京劳动模范裴家麟

1978年，我和家麟终于又见面了。1958年一别，经过10年"监督劳动"，10年"文化大革命"，我们之间已是整整20年不通音信！一首儿时的歌曾经这样唱："别离时，我们都还青春年少；再见时，又将是何等模样？"我不知他对我这 20 年变化出来的"模样"有何感触，然而岁月和灾难在他身上留下的烙印却使我深深地震骇！古铜色的脸，绷紧着高耸的颧骨，两眼深陷，灼然有光，额头更显凸出，我甚至怯于直视他那逼人的眼神。我想鲁迅笔下那个逼问着"从来如此……便对么？"的狂人———一定就有这样的眼神！真的，20 年前那个风流倜傥，才华横溢，充满活力，不免狂傲的共青团中文系教师支部书记裴家麟已是绝无踪影！我不免想起阿 Q 临刑前所唱的那一句："二十年又是一条好汉！" 20 年已经过去，在我面前的，果真又是一条好汉吗？

　　记得我们初相识，他才 21 岁，刚毕业就以优异成绩留北大中文系任教，我和家麟都师从王瑶先生，都喜欢浪漫主义，都欣赏李白的狂气，都觉得我们真的是"早晨八九点钟的太阳"！于是，在"百家争鸣，百花齐放"的鼓舞下，我们策划了一个中级学术刊物（策划而已，并未成形），意在促年轻一代更快登上文学研究的舞台。好几位青年教师都"团结在我们周围"，包括当时的研究生党支部书记，和进修教师党支部书记也都加入了我们的行列。我们终于被"一网打尽"，成为北京大学中文系"最恶毒"的"反革命集团"，我和家麟都被作为集团的"头目"定为"极右派"，发配下乡，监督劳动，开除公职，开除党籍或团籍，每月生活费人民币16元。那时，家麟的妻子正在生育第二个孩子，家里还有老母幼妹，妻子又仅仅是一个小小资料员，靠着这一点点生活费，我真不知道他的日子怎么能过得下去！然而，这日子毕竟过下去了，过下去的结果就是今天站在我面前的，黧黑、消瘦、面目全非的新的家麟！

家麟这20年的遭遇我不想再说，也不忍再说。只说一点，其余皆可想见。他告诉我他被监禁在监管"劳动教养"分子的茶淀农场，在那里度过了大部分时光。在那"大跃进"、大饥馑的年代，他曾在饥饿难熬之时，生吃过几只癞蛤蟆和青蛙；他又告诉我，他的同屋，一个少年犯，养了一只蟋蟀，这是和少年一起抗拒孤独的唯一伙伴，是他的最心爱之物。然而，有一天，这只蟋蟀竟然被同屋的另一个犯人活活嚼食了！少年哭着直往墙上撞头，边撞头，边喃喃："活着还有什么劲，活着还有什么劲！"吃了蟋蟀的人跪在少年面前认罪，磕头如捣蒜。我听得心里直发毛，家麟冷冷地说，有什么办法？这是饥饿！

几经周折，家麟终于在中央民族大学回到了教学岗位。

谁能否认家麟这最后18年生命的焕发和成果的辉煌呢？由于教学和科研的突出成就，许多别人梦寐以求的光荣称号纷纷落在他的头上，诸如北京市劳动模范、教书育人先进工作者等等。他的学术著作《李白十论》《诗缘情辩》《文学原理》先后获得各种优秀成果奖；《文学原理》一书还被台湾的出版社重印并推荐为大学教材。他编撰的《李白资料汇编》《李白选集》，主编的《中国文学史》《中国语言文学》合起来足有数百万字。他为本科生、研究生、进修生开设了十余门课程，听课学生时常挤满了能容纳二三百人的教室。他在学术界已享有崇高威望，除担任中央民族大学教授和校学术委员会常委外，还担任了中国李白研究会副会长、中国杜甫研究会副会长、中国唐代文学学会副会长等学术职务。这对一个在监禁劳改环境中耗损了20年，已是年近半百才开始重返学术生活的中年人来说，既无人际关系基础，又无雄厚的学术底气，要取得以上如此辉煌的成就，除了以心智、精力乃至生命为代价，再无别的途径。他昼夜忙于教学和研究，急于补回失去的时间。没有时间去医院，也不顾时常感到的隐约的病痛，任随癌细胞在他的肺部和大脑中蔓延。他经常是累了，一盅一盅饮烈酒；困了，大杯大杯喝浓茶。劣质烟草更是一支接一支灌进肺里。家麟终于在夜以继日的劳累中耗尽自己。

然而，家麟实在去得太早了，他一定是怀着遗憾离开这个世界的。记得 1978 年回北京不久，他曾送给我一首诗，题为《咏枫（仄韵）赠友人》：

> 凛冽霜天初露魄，
>
> 红妆姹紫浓于血。
>
> 回目相望空相知，
>
> 衰朽丛中有绝色。

这首诗可以有许多不同层次的解读，它似乎总结了我们的一生，回顾了我们的挫败，赞美了我们曾经有过的美好理想和满腔热血，也叹息了青春年华的虚度和岁月不再；然而最打动我的却是最后一句："衰朽丛中有绝色"！它意味着过去的艰难和痛苦并非全无代价，正是这些艰难和痛苦孕育了今天的成熟和无与伦比的生命之美！

后来，1996 年夏，我将去澳大利亚逗留一段时期，行前曾去看他。他刚动过大脑手术，但精神和体力似都还健旺。我们相约等我回来，还要讨论一些问题，特别是关于他的《文学原理》，我曾提过一些意见，我们都很希望能进一步深谈。我们还计划一起去参加一个学术会议，以便可以有较多时间在一起。那时，虽然他的身边并无亲人，他的妻子已然早逝，他的两个儿子在他手术后不久，也不得不返回他们承担着工作的异国他乡，但他并不特别感到孤独，他的学生和徒弟轮流守候在他身旁。所谓"徒弟"指的是他在茶淀农场当八级瓦工时调教出来的几个小瓦工，这时他们也都已是中年壮汉了。家麟和他这几个徒弟的情谊可真是非同一般。记得我们刚从鲤鱼洲"五七干校"回来时，所住平房十分逼促，朝思暮想的，就是在院子里搭一个小厨房，以免在室内做饭，弄得满屋子呛人的油烟。但在那个年月，砖瓦木石，哪里去找？劳动力也没有！家麟和我第一次见面，得知我的苦恼，就说这不成问题！果然那个周末，来了四个彪形大汉，拉来一车建筑材料，他们声称自己是家麟的徒弟。不到半天，小厨房就盖好了，他们饭不吃、酒不喝，一哄而散，简直像是阿拉丁神灯中的魔神，用魔力创造了奇迹！这几个徒弟每年都要来给师傅拜年，还常来陪师傅喝酒。家麟住院后，他们守候在家麟的病床前，日日夜夜！他的研究生对他之好，就更不用说了。我于是放心地离开，去了澳大利亚。

1996年冬天回来，正拟稍事休息就去探望家麟，没想到突然传来噩耗：1997年1月9日，家麟竟与世长辞！家麟的同班同学石君（他很快即追随家麟而去，也是癌症，愿他的灵魂安息）给我看家麟写的最后一首诗，题目也是《赠友人》，这是他最后在病室中写成的，是他的绝笔。诗是这样：

病榻梦牵魂绕因赋诗寄友人

不见惊鸿良可哀，

挥兵百万是庸才。

伤心榻上霜枫落，

何处佛光照影来？

他是多么不甘心就这样撒手人寰啊！我总觉得这首诗意蕴很深，一时难以参透！只有第三句，我想是表白了他深深的遗憾，遗憾那在寒霜凛冽中铸就、眼下正在蓬勃展开的艳丽红枫终于过早地、无可挽回地萎落！这蓬勃，这艳丽将永不再来！然而，就在此时此刻，他仍然渴望着新的生机，渴望着那不可知的"佛光"或许能重新照亮他的生命！这"佛光"是不是就是第一句诗中所说的、一直盼望着的"惊鸿"呢？这"惊鸿"始终未能出现，使他感到深深的痛苦和悲哀。唯有第二句，我怎么想也想不明白："挥兵百万是庸才"，是说我们的国家曾经十分强大，曾经有过极好的机遇，却因指挥不当而造成了无法弥补的灾难？是说中国知识分子本应一展雄才，力挽狂澜，却个个庸懦，俯首就戮？啊！家麟，在这生命的最后时刻，你究竟想说一点什么？想总结一点什么？想留下一点什么？

1997年1月9日，聪明睿智、热情奔放，与人肝胆相照的"川中才子""四川好人"裴家麟从此永逝。他未能如我们曾经相约的，高高兴兴地一起进入21世纪。生活曾为他铺开千百种可能：他可能成为伟大的诗人，成为划时代的文学史家，成为新兴文学理论的创建者，也可能成为真正不朽的战士。然而，"伤心榻上霜枫落"，家麟从此永逝！

农民的宠儿施于力

人们常说"因祸得福"，真是言之不虚！我来到接受"监督劳动"指定的地点——崇山峻岭脚下的东斋堂村，被安排和四位女下放干部睡在一个炕上。虽然我被挤到炕席边上一条窄得不能再窄的凹凸地带，但仍然使她们感到比以前拥挤；况且深更半夜，我常不得不窥见她们正在做的不愿别人得知的事情！例如一个月黑夜，她们背着大背篓进门的声音惊醒了我，原来她们向村民收购了一批核桃，正倒在地上，用锤子砸出核桃仁，准备春节带回家。下放干部向村民买东西是绝对禁止的，虽然我假装入睡，但我对她们来说，还是深感不便。过了几天，我就被"勒令"搬到农民家中，进一步接受贫下中农再教育，从此开始了一年多和大娘、大爷同住一个炕上的幸福生活。

这三间向阳的南屋，是从地主家分来的，温暖而明亮。对面的北屋却是又冷又暗，原是存放农具的去处，施于力和其他三个右派学生就住在这里。施于力以其博学多才、思维敏捷留任中文系助教，为时不过一两年。他以他的热忱助人、活泼欢快，很快就被选为工会文体委员；又以他的机智幽默、能言善辩，所到处总是让人笑声不断，因而有"活宝"之称。他的父亲是20年代著名的无政府主义者，施于力时常宣扬当时无政府主义的影响大于马克思主义，而且说，你没看见吗？大作家巴金的名字就是无政府主义的祖师爷巴枯宁、克鲁泡特金的首尾二字，足见其对无政府主义的崇拜。他太爱开玩笑，太爱出奇制胜，太爱故作惊人之语，"反右"开始不久，他就被划为"右派"，又因"拒不检讨，死不认罪"最终被定为"极右派"。如今，他被当作"敌人"，被监督劳动，但仍然身强力壮，爱干活，爱说笑。老乡们都很喜欢他，哪家有干不了的活儿都喊他去干，哪家有好吃的东西也都喊他去吃。尤其是和我同睡一炕、无儿无女的韩大爷和韩大妈更是把我和他当作自己的亲生儿女。每月，当应交售的鸡蛋完成定额之后，大妈总会把我们叫到一块，用交售剩下的鸡蛋让我们吃上一次八九个鸡蛋的大餐，有时还加上不知哪里弄来的粗面粉，给每人做一个大鸡蛋饼。

初春耩地时节，就是施于力和我最快乐的时光。东斋堂地处山沟之中，没有平坦成片的田野，只有在大山边上开垦出来的狭长的小片土地。所谓耩地就是在已经平整好的松软土地上，用一种特殊的"耧犁"剖开土面，将谷子播种到地里。这是几千年前中国就已经使用的农业技艺。韩大爷总喜欢叫着施于力和我一起去大山里，干活儿时，施于力走在最前面，充当牲口的角色，拉着犁往前走（这个活儿一般用小毛驴。大牲口会踩坏土地，还转不过弯，人，当然更灵活）；韩大爷走在中间，扶着耧犁，边走边摇，将耧里的谷种均匀地撒播在同时开出的犁沟中；我走在最后面，用齿耙轻轻盖上和压紧犁沟面上的浮土。我们三人就这样走过来、走过去，踏着又松又软的泥土，倾听着山间的鸟鸣，呼吸着松树和刚抽芽的核桃树散发出来的清香，忘却了人世间的一切烦恼。韩大爷怕我们累，休息时间总是很长。这时，他坐在树荫下抽一袋烟，我躺在地头小草上，享受着温暖的阳光和大自然的静谧；施于力则跑来跑去，搜寻着松鼠藏在树洞里的核桃和遗留在地里的白薯头，好像有用不完的精力。偶有所获，就快乐地呼唤，即使是一个核桃，也是三人分而食之。

转瞬到了收获核桃的季节。核桃是山村的主要出产，上山打核桃更是一年的重要农活。施于力年轻，身手矫健，又善于爬树，自然成了收核桃的主力。这天，是个大晴天，我们生产小队来到很偏远的一座山坡，大家都很高兴，用长竿晃悠着地上够不着的核桃，欢声笑语，一片喧哗。

施于力兴高采烈地爬上一棵枝叶茂密的大核桃树，用竿子拨弄更高枝叶上的核桃，但树梢太高了，仍然够不着。他又登上一根更细更高的树干，树干直摇晃，仿佛承受不了他的重量。老队长在树下疾呼："下来！快下来！"话声未落，咔嚓一声，施于力已从树梢上摔了下来！可怜的施于力，脸色苍白，四肢瘫软，人事不知！众人七手八脚，好不容易将他抬出山外，放倒在那间阴冷屋子的炕上。老队长说要是抬到山外的区卫生院，百余里山路太颠簸，恐怕病人受不了，就专门派了一个人去卫生院，想请一个医生来。等到快半夜，派去的人回来说，卫生院领导一听是个"右派"，就说大夫已下班，不能为一个"右派"去大夫家找人加班，况且东斋堂在山里，不通汽车，夜里无法走，明天再说！第二天等了一天，仍然不见大夫的踪影！好些老乡给施于力送来鸡蛋、芝麻等食品，但施于力还是不吃不喝，昏睡不醒。一直到傍晚，看来等大夫是没有希望了！老队长说最严重的是一天一夜不曾小便，再拖下去，只怕会中毒，太危险！他决定自己走六七小时的山路，到更深的深山里去请一位高人！这是他的一个老朋友，70余岁了，据说医术十分高明，有家传奇技，治愈过无数跌打损伤的病人。夜深了，我一直守候在施于力身边。他呼吸微弱，肚子从薄薄的衣服中鼓起。我多么希望他能哪怕是苏醒一分钟，喝一口水，有一点小便！我唯恐错失这样的机会，一分钟也不敢闭眼！心里想着无论如何应该将他送进医院！

天刚蒙蒙亮，老队长从深山里回来，领着一个白胡子飘逸、鹤发童颜的老者。老者把施于力翻过身来，脱去上衣，在他的脊柱两旁用很长的针扎了4针，然后用一根短针在他的腰部插进皮肤，斜着往外挑，环腰挑了几十针，挑出一些灰白色约两三厘米长、类似短线头的东西。我看得目瞪口呆！这是什么？是人的神经吗？是寄生虫吗？是什么分泌物吗？不到一小时，这些莫名之物在我拿着的小碗中就装满了小半碗。这时，施于力发出了一声长长的叹息，睁开了眼睛，大量小便湿透了被褥和炕席！我立即用我的被褥替他换上，清洗干净，在炕上烘干。接着，施于力吃了一小碗小米粥、一小碗鸡蛋羹。第三天，施于力完全复原，竟不留一点痕迹，又开始了和过去一样的生活！对于多年深受科学精神熏陶的我来说，如果不是亲眼目睹，我是绝对不会相信施于力被治愈的奇迹的！老队长告诉我，这叫"挑白毛痧"，是民间绝艺，眼下已经没有几个人会操作了！

不管怎样，施于力总算捡回了一条性命！所谓"大难不死，必有后福"。1961年年末，北大在斋堂公社创建的干部下放劳动基地和"右派"劳动监督站全部撤离。许多"右派"被遣送回原籍或到更边远的农场劳动，施于力和我却幸运地被允许返回北大，恢复公职。据我所知，周围被"监督劳动"的北大"极右派"，好像只有他和我得到这样的"荣宠"。有人说这完全是因为领导征求意见时，贫下中农为我们两人说尽了好话！回到北大后，我们这样的人当然不能再直接面对学生，以免向他们"放毒"，因此被分配到中文系资料室。我的工作是为上课教师的文言教材作详细注释；施于力则被分配做一些油印资料等打杂的事。我们毫无怨言，以为总可以过一段平静的日子而心安理得。然而，事与愿违，当一切都已安定下来，施于力突然接到一纸调令，说是为了支援边疆教育事业，他必须立即返回故乡——云南个旧，到那里的第一中学报到。至于我，由于反对"三面红旗""右派翻天"，又遭遇了新的不幸。

施于力就这样走了，没有留下一个字，一句话。他是一个狂傲之人，不屑于去求人，去"运动关系"，甚至连调动的原因他都没有去打听！后来，就再也没有听到他的消息。再后来，"文化大革命"结束之后，听说他这个"极右派"由于"死不认罪"，被击毙于红卫兵的乱棍之下。

我的三个密友，就这样以不同的方式各自走完了他们短暂的人生！50年过去了，新时期开始，他们都被证明是中华民族优秀的儿女。

愿他们的灵魂安息！

叛逆　殉道　牺牲
——现实和文学中的中国女性

20世纪以来，中国妇女生活的变化是世界上任何地区也难以比拟的。随着世纪初的辛亥革命和五四运动的酝酿及其发展，中国妇女的觉醒与反抗也从萌芽状态迅速走向高潮。这一过程的急遽在全世界妇女解放运动历史上也是罕见的。何以如此？这是和以下几个特点分不开的。

首先，人们常常把五四运动称为"文艺复兴"(Renaissance)，意思是说，和西欧一样，这也是一次以人文主义为中心的思想解放运动，目的在于恢复人作为人的本来面目。果真如此，西方的文艺复兴与中国的文艺复兴也有很大不同。前者所提倡的人文主义首先是要把人从"神"的控制下解放出来，以反抗由宗教法庭为代表的宗教神权为主要内容；而中国人面对的首要问题则是从统治中国几千年的专制意识形态传统中得到解放，这一传统最突出、最重要的特征之一正是它所规定的妇女的"非人"的地位。因此，凡抗击专制意识形态，倡导人文主义的先驱者，都不能不强调这一传统对妇女的残酷迫害。五四运动前夜，鲁迅最早的两篇最长的白话论文《我们现在怎样做父亲》和《我之节烈观》都是猛烈抨击封建专制的伦理道德，保护妇女儿童，鼓励妇女的反叛精神的。这两篇文章被看作五四思想解放的号角绝不是偶然的。此后，妇女解放问题一直是中国思想解放运动的一个重要内容，受到改革者和社会舆论的广泛重视。

其次，中国的妇女解放运动始终是和社会改革运动结合在一起的。当然，"男女平等"也一直是中国妇女解放运动的一个十分重要的内容，但她们不是把男人作为对立面，并不认为只有和男人作斗争才能达到男女平等，而是与男人并肩作战，在改造社会的共同事业中来达到这一目的。鲁迅在讲演《娜拉走后怎样》和短篇小说《伤逝》中，早就指出没有根本的社会改革，妇女解放、男女平等也只能是一句空话。《伤逝》的女主人公子君十分勇敢，她的座右铭是："我是我自己的，她们谁也没有干涉我的权利。"但是，当她背叛家庭、毅然出走之后，在那样一个毫无希望的旧社会，也不可能有什么好的前途，正如鲁迅所说，她的前途只能是"堕落"或是"回来"。当然，这并不是说社会改革了，妇女问题也都解决了，这里还有许多妇女特殊的问题，但在中国的历史条件下，没有根本的社会改革，就谈不上任何有关女性的实质性的改革。中国妇女只可能在根本改造社会的过程中求得自身的解放，这就使中国妇女运动始终集中力量于主要社会问题而培养出一大批妇女活动家。一个困苦而动荡的社会与一个稳定发展社会的妇女问题显然是很不相同的。

再次，数千年的封建专制统治在思想、感情和心理等各方面都对中国妇女造成很深的束缚和残害。不首先摧毁这些精神枷锁，就不可能有真正的妇女解放。五四时期许多有价值的作品都体现着对这类精神压制的冲击。鲁迅的《我之节烈观》激烈反对妇女为丈夫守节的传统观念；胡适的《终身大事》鼓吹妇女反抗旧家庭，和所爱的人结婚；郭沫若的诗剧《三个叛逆的女性》歌颂了蔑视旧礼教敢于与爱人私奔的寡妇卓文君；敢于违皇帝之命，维护个人尊严的王昭君；为祖国复仇献出生命的聂嫈。当时许多文章直接而广泛地讨论"性"和"贞操"问题，这一对妇女禁锢最为森严的禁区。茅盾吸取了尼采所阐发的希腊酒神精神，塑造了慧女士、孙舞阳等解放的"时代女性"的形象，她们声称："我们正处青春，需要各种刺激，需要心灵的战栗，需要狂欢。刺激对于我们是神圣的、道德的、合理的。"她们甚至宣称："既定的道德标准是没有的，能够使自己愉快的便是道德。"这和那些

"三从四德""笑不露齿"的传统女性是多么不同！茅盾的第二部小说《虹》的主人公梅女士更明确地强调几千年来，中国的妇女都是用她们的"性"和"美"供别人享乐，今天，也应该利用它为自己的享乐和利益服务。她为了替父亲还债，毫不犹豫地嫁给自己不爱的人，然后出走，使他人财两空。茅盾的许多作品都强调了妇女不仅要从客观的社会桎梏中解放出来，而且也要从主观的传统封建意识中得到新生。他所创造的这类妇女典型在中国传统文学中是完全崭新的，对后来的文学创作有很深的影响。20世纪30年代，丁玲的莎菲女士：一个精神苦闷，企图从爱情和叛逆中寻求解脱，在性和爱情方面都大胆、主动追求的少女；曹禺在《雷雨》中塑造的繁漪：一个不顾一切道德规范，爱恋丈夫前妻之子，失恋后又疯狂复仇的女人。这些人物显然都和茅盾的女主人公一脉相承。

要破除这样长期形成的思想束缚是极其不易的，特别是在农村。在20世纪40年代的著名歌剧《白毛女》中，我们仍然可以看到女主人公渴望嫁给她并不爱，甚至仇恨的强奸者的幻想，这只能是"从一而终""一女不事二夫"这类道德强加于她的精神柳锁。

由于中国妇女肩负着特别沉重而又久远的历史负担，旧的模式根深蒂固，如鲁迅所说，就是开一扇窗户、搬一张桌子也不得不付出血的代价！因此，中国妇女运动自始至终贯穿着一种自我牺牲的殉道精神。从它最早的前驱秋瑾开始，就是如此。

秋瑾1904年到日本留学后，写下许多鼓吹妇女解放的诗文；回国后，她在故乡办女学，训练女兵，密谋推翻清政府。1907年，她的密友徐锡麟因暗杀政府官员被判处死刑。人们力劝秋瑾逃离故乡，她却带着她的几个女兵进行自知必败的冒死一战，怀着殉道就义的决心，终于被擒获斩首于绍兴。湖南妇女向警予17岁就投身于妇女解放运动，是20世纪20年代中国第一批到法国勤工俭学的领袖。回国后，她为上海丝厂和烟厂女工的罢工运动做出了重要贡献。1928年被捕入狱，她还领导了狱中的绝食斗争，视死如归，被敌人枪杀。近百年来，这类为真理为理想、为自身解放而英勇献身的妇女英雄真是举不胜举。中国妇女正是在这样觉醒、叛逆、奋斗、牺牲、殉道的过程中获得了自己的初步解放，逐渐成熟起来。

20世纪后半叶，第二次世界大战后，人类有了新的觉悟，世界也有了一定进步。中国 20 世纪 50 年代的新宪法和婚姻法从法律上保障了妇女解放、男女平等，应该承认一般妇女生活比过去有了相当大的改善，然而，中国妇女传统中的牺牲、殉道、叛逆精神却从未中断。

北京大学中文系的女学生，素有"才女"之称的林昭，在才华横溢的 19 岁时，只因写诗呼唤改革不合理的社会现象，号召人们警惕特权和等级制度的危害，1957 年被定为"右派"，逐出学校。当时一般说来，"右派"很少入狱，只要"承认错误""悔过自新"，虽然打入另册，也还能生活下去。但林昭不但不承认自己有错，而且还坚持认为整个"反右运动"是根本错误的。她甚至和其他几个"右派"相约，计划出一些小型印刷品来宣传自己的主张；她们还翻译了南斯拉夫共产党的纲领，认为那是一个值得学习的榜样。就这样，她被捕入狱。没有申诉，没有审判，没有判决，一关就近 10 年。她在狱中写了很多诗，有时用笔，没有笔，就用指头上的血！她始终毫不妥协地攻击一切她认为不合理的现象；直到 20 世纪 60 年代后期，有一天，她以反革命罪被判处死刑：枪决。她的母亲和妹妹接到一个通知，要她们前去缴纳 7 分钱的"子弹费"。作为反革命家属，她们必须为穿透林昭胸膛的这粒子弹付钱！1980年，在同学们为她筹办的追悼会上，白菊花簇拥着她年轻美丽的遗像，两边是一副无字的对联：一边是一个触目惊心的疑问号，另一边是一个引人深思的惊叹符！此时无声胜有声，两个浓墨大写的简单符号概括着多少无法言说的历史，见证着血所换来的多少年轻人的觉醒。

20 世纪 50 年代初期，在人民大学研究俄国文学的高材生张志新，拉得一手好提琴。1969 年"文革"高潮中被"四人帮"逮捕，唯一的罪名是"恶毒攻击文化大革命"！她始终认为"毛主席亲自发动"的这场"文化大革命"是我们民族的一场大灾难！就为讲这样一句真话，她以生命作为代价。最后一次谈话时，人们告诉她，如果她"悔改"，还可以"宽大处理"；然而，她说，她还是愿像一支蜡烛，既然点着了，就燃烧到最后罢！当权者怕她喊出真理的声音，竟然在走出监狱之前，预先割断了她的气管！就这样，她傲然就义于刽子手的屠刀之下，留下两个年幼的孩子！1979 年，在中山公园，北京的青年为她召开了盛大隆重的追悼大会。许多年轻人在会上朗诵了献给她的诗篇。一个很年轻的诗人雷抒雁在他那首献给张志新的著名长诗《小草在歌唱》中，有这样几段：

风说：忘记她吧！

我已经用尘土把罪恶埋葬。

雨说：忘记她吧！

我已用泪水，

把耻辱洗光。

……

只有小草不会忘记，

因为那殷红的血，

已经渗进土壤。

那殷红的血，

已经在花朵里放出清香！

……

我们有八亿人民，

我们有三千万党员，

七尺汉子，

伟岸得像松林一样！

……

可是，当风暴袭来的时候，

却是她冲在前边，

挺起柔嫩的肩膀，

肩起民族大厦的栋梁！

……

如丝如缕的小草哟，

你在骄傲地歌唱，

感谢你用鞭子

抽在我的心上，

让我清醒。

昏睡的日子，

比死更可悲；

愚昧的日子，

比猪更肮脏！

诗，当然还很幼稚，但以它的纯真表明张志新的死震撼了多少青年的心！

马明珍，一个刚满 30 岁的年轻女化工技师，牺牲在我的故乡贵阳——那落后而又偏僻的山城。就因为她在林彪极盛之时，竟敢撄其锋，公开宣称毛泽东主席决定林彪做接班人完全错误，将这个错误写进党纲和宪法就更加错误！她当然马上被判为"现行反革命分子"，立即枪决！她也曾被劝告悔改以保全生命，但她却坚持自己只不过说了真话，"说了人民想说的话，也许是说得早了一点"！她被绑在一辆卡车上，在押赴刑场的路上，绕城一周，游街示众。如果说在这种传统的、野蛮的"游街"过程中，鲁迅笔下的阿Q还能喊出一句"二十年后又是一条好汉"，那么，马明珍却一个字也喊不出来——因为怕她的声音被人民听见，她的下颚骨已扭曲脱臼！20世纪80年代平反后，她牺牲的悲壮史实详细记载于山城的《贵阳文艺》。

时代变化了，历史在前进。这些伟大女性在我们心中所曾唤起的种种深思和激情难道真的泯没了吗？这些伟大女性用她们的头颅和鲜血构筑起来的中国妇女奋斗、牺牲、叛逆、殉道的光荣传统难道就这样被遗忘了吗？那些无穷无尽地描写女性身边琐事、男女纠葛以及女性玩世心态的作品难道真能成为当今女性文学的主流吗？我想回答应该是否定的。

陈寅恪：文化更新的探索者

论者多以寅恪先生为中国文化之承传者、固守者、史料集成者。这固然不错，然而仅仅以此涵盖先生之学术襟怀，伟大一生，则不但远远不够，甚且未得先生之真精神。

寅恪先生 13 岁留日，求学欧美诸国，历经 24 载，精通十数国语言，他抱负宏大，学术视野深远，不仅远远超出始终封闭于中国文化体系之内的张南皮，就是他所尊崇看重的许多同代人恐怕也难望其项背。

先生致力于中国文化之研究，首先着眼于中国文化之更新。先生毕生崇奉并热爱文化，但他对中国文化的态度从来不是"国学家的崇奉国粹，文学家的赞叹固有文明，道学家的热爱复古"（鲁迅），恰恰相反，寅恪先生治学的出发点首先是："近二十年来，国人内感民族文化之衰颓，外受世界思潮之激荡。"[1]在这种形势下，中国知识分子将何以自处？又

① 陈寅恪：《陈垣元西域人华化考序》，《金明馆丛稿二编》，上海古籍出版社，1980年，第239页。

将以何种努力才能使中国文化摆脱"衰颓"之困境而在"世界思潮之激荡"之中获得新生？先生自己说："不敢观三代两汉之书而喜读中古以降民族文化之史。"①何以作如此选择，先生自己作了回答：

李唐一族之所以崛兴，盖取塞外野蛮精悍之血，注入中原文化颓废之躯，旧染既除，新机重启，扩大恢张，遂能别创空前之世局。故欲通解李唐一代三百年之全名，其民族问题为最要之关键。②

原来先生集中研究两晋南北朝隋唐之史，就因为这是一个多民族文化相互吸收、启发、融合、激荡的复杂时期，而这吸收、启发、融合、激荡之结果乃是有唐一代 300 年之"崛兴"。既然当时国人又处于"内感民族文化之衰颓，外受世界思潮之激荡"的困境，先生集中研究这一段历史的深意不就不言自明吗？要振兴民族文化之衰颓，就必然"排除旧染"，除去不符合时代需要的旧的一切。充满生机的外来之血

---

① 陈寅恪：《陈垣元西域人华化考序》，《金明馆丛稿二编》，上海古籍出版社，1980年，第239页。

② 陈寅恪：《李唐氏族之推测后记》，同上书，第303页。

改造了原有的旧的躯体，注入了新的活力，使生命复苏，这才能"扩大恢张"，"别创空前之世局"。这里，外来文化与本土文化的关系是血液、活力与躯体的关系，显然不是"体用"关系所能概括的。

先生大量著作都在考察各民族文化的奔突碰撞，以及从这种碰撞中激发而生的新文化。虽然谈的是历史，却正是认识现实的极好借鉴。

先生特别强调两种文化的接触绝不是简单的认同或同一。相反，这里必有差异，必有有意或无意的误读或误释。正是这种差异和误读、误释所产生的张力，互相突破原有体系，双方都发生改变从而获得更新、重建。佛教传入中国，先是用"格义"的方法，以中国观念解释佛教名词。"援儒入释"，然后有"华严宗圭峰大师宗密之疏盂兰盆经以阐扬行孝之义；作原人论而兼采儒道二家之说"。[①]这就用中国文化改造了原来的佛教文化。与此同时，佛教也改造了中国儒道，先生《论韩愈》指出：

退之首先发现《小戴记》中《大学》一篇，阐明其说，

---

① 陈寅恪：《支愍度学说》，《金明馆丛稿初编》，上海古籍出版社，1980年，第154页。

抽象之心性与具体之政治社会组织可以融会无碍，即尽量谈心说性，兼能济世安民，虽相反而实相成，天竺为体，华夏为用，退之于此以莫定后来宋代新儒学之基础，退之固是不世出之人杰，若不受新禅宗之影响，恐亦不克臻此。①

"天竺为体，华夏为用"即指以"谈心说性"为体，"济世安民"为用。佛教的心性之说改造和丰富了儒家的"诚意正心"，这才出现了宋明理学数百年兴盛的文化局面。这种不同民族文化在碰撞中的相互吸收改造就是文化发展的契机。可是先生并非拘执于"中学为体，西学为用"，他所关注的首先是文化的更新，更能达到更新的目的，体用之类关系亦可因情况之不同而以多种形式呈现。

吸取外来文化，促进本土文化更新的过程总是通过后人对前人，亦即对原有文化的重新诠释来实现的。这种诠释往往并不符合作者原意，甚且不符合历史事实，因而被"国粹家"们嗤之以鼻，寅恪先生却认为只要这样诠释是后人根据其当代意识对前人的总结和发展，那就值得肯定，其本身就是一种文化的更新。先生在谈《大乘义章》时强调说：

---

① 陈寅恪：《论韩愈》，《金明馆丛稿初编》，上海古籍出版社，1980年，第288页。

就吾人今日佛教智识论，则五时判教之说，绝无历史事实之根据。其不可信，岂待详辨？然自中国哲学方面论，凡南北朝五进四宗之说，皆中国人思想整理之一表现，亦此土自创佛教成绩之一，殆未可厚非也。尝谓世间往往有一类学说，以历史语言学论，固为谬妄，而以哲学思想论，未始非进步者。如《易》非卜筮象数之书，王辅嗣、程伊川之注传，虽与《易》之本义不符，然为一种哲学思想之书，或竟胜于正确之训诂。①

文化，本不是"既成"之物（things become），而是活在当代人的不断重新诠释中的"正在形成"的东西（things becoming）。把文化仅仅理解为固定的、可以存放于博物馆的文化陈迹，实在是一种误解，寅恪先生早就指出了这一点。他认为中国文化就是在历代智者吸取了他们那一时代所能接触到的外族文化的新鲜血液，对原有文化重新进行诠释、改造的过程中发展起来的，当然，这种诠释必须在充分理解前人的基础上进行。先生特别强调"对于古人之学说，应具了解之同情"，对于"其所处之环境，所受之背景，非完全明

---

① 陈寅恪：《大乘义章书后》，《金明馆丛稿二编》，上海古籍出版社，1980年，第165页。

了，则其学说不易评论"。必须"神游冥想，与立说之古人，处于同一境界，而对其持论所以不得不如是之苦心孤诣，表一种之同情，始能批评其学说之是非得失，而无隔阂肤廓之论"，绝不可"随一时偶然兴会"，"若善博者能呼卢成卢，喝雉成雉"。同时，先生又指出："古代哲学家去今数千年，其时代之真相，极难推知。吾人今日可依据之材料仅为当时所遗存的最小之一部"，"残余断片"而已。因此一切对古人之诠释都不过是今人之意志。先生说：所有"加以联贯综合之搜集及系统条理之整理，则著者有意无意之间，往往依其自身所遭际之时代，所居处之环境，所熏染之学说，以推测解释古人之意志。由此之故，今日之谈中国古代哲学者，大抵即谈其今日自身之哲学者也"①。所谓"所遭际之时代，所居处之环境，所熏染之学说"，就是论者的"当代意识"。20世纪以来，中国一切有成就的学者无不受西方学说之熏染，而对其时代、环境有全然不同于古人的了解。寅恪先生对冯友兰《中国哲学史》给予很高评价，重要原因之一就是"此书作者，取西洋哲学观念以阐明紫阳之学，宜其成系统而多新

---

① 陈寅恪：《冯友兰中国哲学史上册审查报告》，《金明馆丛稿二编》，上海古籍出版社，1980年，第248页。

解"①；在论及王观堂之学术贡献时，先生又强调指出，观堂"取外来之观念与固有之材料互相参证。凡属于文艺批评及小说戏曲之作，如《红楼梦评论》及《宋元戏曲考》《唐宋大曲考》等是也"②。先生认为此亦"足以转移一时之风气，而示来者以轨则"，而使观堂之书成为"吾国近代学术界最重要之产物"③。总之，不论言及唐宋，言及现代，先生都明确指出，当代人必然包含横断面之各民族文化之间的相互渗透、吸收和影响，凡"真能于思想上自成系统，有所创获者，必须一方面吸收输入外来之学说，一方面不忘本来民族之地位。此二种相反而适相成之态度，乃道教之真精神，新儒家之旧途径，而二千年吾民族与他民族思想接触史之所昭示者也"④。尽管先生自谦"思想囿于咸丰、同治之世，议论近乎曾湘乡、张南皮之间"，以上有关诠释循环的现代思想，中外文化相反相成的精辟见解又岂是曾湘乡、张南皮所能企及的？先生纵谈古今，横议中外，将古今中外融为一炉的宏伟

---

① 陈寅恪：《冯友兰中国哲学史下册审查报告》，《金明馆丛稿二编》，上海古籍出版社，1980年，第250页。

② 陈寅恪：《王静安先生遗书序》，《金明馆丛稿二编》，第219页。

③ 陈寅恪：同上。

④ 陈寅恪：《冯友兰中国哲学史下册审查报告》，《金明馆丛稿二编》，上海古籍出版社，1980年，第252页。

学术气魄更不是"中体西用"之类陈旧观念所能范围的。

两种文化接触，当然有无法相合而遭弃绝之部分，也必有本土原无、纯由外来文化移植而产生新文化的现象。关于前者，先生举《莲花色尼出家因缘》为例，详加论述。指出佛藏中涉及"男女性交诸要义""大抵噤默不置一语""纵为笃信之教徒""亦复不能奉受"，至于《莲花色尼出家因缘》述及母女同嫁一夫，而此夫又系原母之子，此类情节，与中国"民族传统之伦理观念绝不相容""惟有隐秘闭藏，禁绝其流布"①。关于后者，先生则以中国小说为例，多次谈及中国小说来源于佛经之神话物语。"盖中国小说虽号称富于长篇巨制，然察其内容结构，往往为数种感应冥报传记杂糅而成"②，特别是关于诂经方法的讨论更是引人深思。先生指出："天竺诂经之法，与此土大异""天竺佛藏，其论藏别为一类外，如譬喻之经，诸宗之律，虽广引圣凡行事，以证释佛教说，然其文大抵为神话物语"，儒家经典则"必用史学考据，即实事求是之法证之"。正是由于"南北朝佛教大行于中国，士大夫深受其熏习"，才产生了"裴松之《三国志注》、

---

① 陈寅恪：《莲花色尼出家因缘跋》，《寒柳堂集》，上海古籍出版社，1980年，第154~155页。

② 陈寅恪：《忏悔减罪金光明经冥报传跋》，《金明馆丛稿二编》，上海古籍出版社，1980年，第257页。

刘孝标《世说新书注》、郦道元《水经注》、杨衒之《洛阳伽蓝记》等，颇似当日佛典中之合本子注"①的新的诂经方法和文体。在两种文化接触中所产生的这种弃绝或移植的现象当然更谈不上是"体用"之关系。

寅恪先生属于世界，属于他的时代。他毕生所追求的是在世界思潮激荡之中的中国文化更新之途。他所吸取于世界的不限于某个人或某种思潮，而是"超越时间地域之理性"，是跳动着的整个脉搏。"神州之外，更有九州，今世之后，更有来世"②，我们应把先生关于两种文化汇合的理论放在世界文化纵横发展的脉络之中来解释。

---

① 陈寅恪：《杨树达论语疏证序》，《金明馆丛稿二编》，上海古籍出版社，1980年，第232～233页。
② 陈寅恪：《王静安先生遗书序》，《金明馆丛稿二编》，上海古籍出版社，1980年，第220页。

安德烈·纪德与张若名

　　知道张若名这个名字是由于一个偶然的机会。当时，我正在研究异质文化相互理解沟通和互动的种种现象和问题。在广泛的资料搜索中，我突然发现法国著名作家、诺贝尔文学奖获得者安德烈·纪德（1869~1951）写给一位素昧平生的普通的中国留学生张若名的一封热情洋溢的信。他说："你无法想象你的工作（指对纪德的研究）给我带来了多么大的鼓舞和慰藉……通过你的大作，我似乎获得了新生。多亏了你，我又重新意识到自己的存在……您使拙作生辉，我感激之至！给你写信，就像对挚友一样，向你说出的'谢谢'，是真正发自内心的"。[①]纪德与张若名过去远隔重洋，处境天差地别，他怎能如此引一个年仅20余岁的张若名为知音，又对她的博士论文《纪德的态度》给予如此发自内心的崇高评价呢？

[①] 纪德原信和译文见《中法大学月刊》1931年1卷1期；原信并见于《北京政闻报》（La Politique de Pekin）45期，1931年11月7日。

　　我迫不及待地追寻张若名（1902~1958）的来历。得知她原来是五四时期天津学生运动的一位杰出爱国者。她14岁时考入天津第一女师曾作为天津的正式代表，两次赴京参加反"巴黎和会"签字的请愿活动，并加入进步学生组织觉悟社，写了许多代表中国知识女性共同心声的文章。1920年11月她与周恩来等同船赴法勤工俭学，成为旅欧中国少年共产党的一员，1924年1月21日曾代表中共，参加法共里昂支部纪念列宁的大型追悼会，险些被法国当局驱逐出境，后来一直受到法国秘密警察的监控。与此同时，由于出身地主，她又一直在党内受到严格审查，甚至排挤。这两件事使她感到委屈和不平，加以同年，周恩来奉调回国，好友郭隆真赴苏联留学，张若名周围的革命工作已"布不成阵"，而当时的直接领导人任卓宣（叶青）又主观专断、作风粗暴，张若名一生酷爱自由，感到很难在他的指挥下工作，遂决心不再介入政治事务，于1927年考入里昂大学攻读博士学位。

　　张若名的学术主攻方向是"从心理学角度研究法国文学史和文艺理论"。她的指导教师塞贡（J.Segond）对她评价甚高，曾说"我不仅发现她是一名非常专心的学生，而且还思维敏捷，她的法语能力能洞悉细微的差别"。他还说"张若名的成绩是我们学院的光荣"。①1930年12月15日，张若名顺利通过了博士论文答辩，她的论文不仅被评为最优秀成绩，而且获500法郎奖学金，这博士论文就是那篇著名的《纪德的态度》。②

为什么张若名在众多的法国文学之星中，唯独选择了安德烈·纪德，并对他如此执着、如此看重，了解得如此之深呢？她自己说："当我年幼无知的时候，我就爱读纪德。我爱他那无边的孤寂，我爱他那纯洁的热情，我爱他那心灵里隐藏着的悲痛，我尤其爱他那含着辛酸滋味的爱情。"③这"年幼无知的时候"是什么时候呢？张若名考入天津女师是1916年14岁，之后卷入轰轰烈烈的革命斗争，1920年赴法勤工俭学。那么，这"爱读纪德"的年月只可能是十五六岁，感受力最强，生命力勃发的青春期。张若名写纪德不只是思想和理性分析，而且是灌注了自己全部的生命和感情，因此她能看到许多别人未能发现的隐秘处。

《纪德的态度》共分8章：1."纪德人格的转变"；2."纪

① 《塞贡推荐信》1927年9月2日，现存里昂中法大学协会档案。
② 《纪德的态度》，张若名著。原文曾在法国付印；中文版，周家树译。1930年，法国鲍氏兄弟出版社出版，1931年作为北平《中法大学丛书》之一在北平中法大学再版；1996年，北京三联书店重新编辑出版。
③ 张若名《纪德的纪念》，北平《新思潮》月刊1946年第1卷第4期。

德的宗教信仰";3."纪德与道德";4."纪德对待感官事物的态度";5."纪德的纳瑞斯主义（Narcissism，自恋）";6."纪德象征主义美学观的形成";7."纪德的古典主义";8."现代人眼中的纪德"。最得到纪德赞赏的是以下几点：首先是"纪德的纳瑞斯主义"。纪德说："大作第五章特别使我感到欣喜。我确信自己从来没有被别人这样透彻地理解过"。张若名在这一章所强调的是作家如何能认识自己。她说："艺术家渴望了解自己，这迫使他去询问这条象征着他纯洁生命的清澈的河流，以求知他的美是否会延续一段时间"，然而奔腾的波浪使它们各异，特别是"从遥远的将来这个角度看，一些事物还是潜在的，而后它们却出现了，最后都成为过去"。因此，通过对外物的分析来了解事物和自身是不够的，因为"我们作为认识的主体，事物作为认识的对象，是对立的"。张若名认为纪德超越了这种对立："通过内省，纪德发现了宇宙间的相互感应。他并不用感官去审视外部世界，而是把目光转向自己内心的深处，在那里他能获得世界的印象"。总之是"通过内省，纪德发现了宇宙间的相互感应"，同时，"通过内省，纪德找到了作品的题材"。纪德在给张若名的信中，指出自己最欣赏的一句话就是："每当塑造一个人物，他总是首先使自己生活在这个人物的位置上。"张若名认为纪德不断地塑造着各种人物，"是在一种难以置信的同情心的影响下，融合进了被他研究的那人的思想与感情，并且在内心重（新）创（造）他"，"纪德会放弃自己的意志，让位于他，站在他的角度来生活"，但有时也会摆脱他，而"使自己自由起来"。总之，这一切都是在内心的自省中完成。

纪德又说："在谈到古典主义和浪漫主义的下一章里，这一精辟的论点又有所发展：'……作品中的人物总不满足于已经实现了的。'关于风格的那些评论，还引用了福楼拜的作品，真精彩！"张若名在这一章中主要讨论纪德作品的风格。她认为浪漫派表达了一种自然而生的感情，并且加以夸大；古典派喜欢美好的形式，他们的语言高雅、清晰，并且使强烈的感情保持高度的平衡。她认为福楼拜曾想创造一种以固定的形式表达自由内容的风格，让古典派与浪漫派的理想协调起来。但是过于注意形式却扼杀了感情的自发性。"唯有纪德的风格，一面有讲究的形式，一面有自由的内容。丰富的情感充溢词句之间，精确娴雅的笔调，加情感以有章的步伐。总之，作为古典派，他的句子服从理想与高雅的要求，但他又超出了古典派，赋予个人的感情以自由。他的风格随感情的发展而变化，其句法也与结构一同变化。"

关于这封信的最后一段，纪德说："对于您的研究，还

有许许多多应该赞扬之处！我多么喜欢最后一章中第一节，
那如此简洁的结语啊：'两种观点的对立并不意味着思想的中
断。'也十分喜欢下一节的开头语。……你自然而然地得出的
结论，我认为是非常真实的。"对照张若名的原文，纪德所欣
赏的那段结语出自张若名为纪德的多面性所作的辩护。她承
认"纪德的逻辑中，充满着对立的东西，他不时改变观点，
不断使自己的思想适应各种观点"，她说："假设纪德让自己
的思想活动从某一观点跳到另一观点，使自己的思想适应几
项（而不仅是一项）应遵循的准则，这又有什么了不起的？
两种观点的对立并不意味着思想的中断！"也就是说不同的
思想观点是可以和而不同，同时共存的。纪德所"十分喜
欢"的"自然而然地得出的""非常真实的结论"则是《纪德
的态度》全文最后的一句话："支配着他的，也是构成他的主
要美德的，是自我的牺牲。"张若名引用纪德自己的话来论证
这一点。在《陀思妥耶夫斯基》一书中，纪德说："牺牲自我
使得那些对立的感情共居于陀思妥耶夫斯基的灵魂里。牺牲
自我也保护和挽救了由对立的东西所构成的财富。"张若名解
释说，当纪德的那些"对立的倾向相互碰撞而产生了一种不
和谐之时，唯独一种美德能把这不和谐引向秩序：这就是牺
牲自我。"纪德总是"坚信自身的力量寓于自我的牺牲之中，

所以极力主张放弃自我"，这构成了纪德的性格和作品的关键。张若名对纪德的了解真是卓荦有独见。难怪纪德难抑满怀激情，要兴奋地向一位从未谋面的异乡青年女子表白："通过你的大作，我似乎获得了新生。多亏了你，我又重新意识到自己的存在……"他"确信自己从来没有被别人这样透彻地理解过"。

1930 年 12 月 15 日，张若名顺利通过了博士论文答辩；1931 年元旦刚过，张若名就离开了里昂回国，随即被聘为北平中法大学文学院教授。抗日战争中她不愿与日本人有任何瓜葛，赋闲在家，只是编辑和翻译一些文字，直到 1948 年春，他们夫妇接受云南大学校长熊庆来的邀请，举家南迁，张若名任云南大学中文系教授，为中文系讲授文艺理论与世界文学史，并在外文系讲授法语。1955 年 4 月，时任国务院总理的周恩来出国访问途经昆明，还看望了张若名夫妇。1957 年，"反右"运动中，她因早年"退党"问题和一些莫须有的罪名而遭受迫害。更严重的是据说她为了向党无保留地敞开胸怀，把她唯一的爱子向她私自交谈的一些话也向党作了"交心"，而这些"材料"竟成了她的儿子被划为右派的根据。这等于出卖了自己的儿子，是一位母亲绝对无法忍受的！她终于在 1958 年 6 月 18 日的反右批判会后自沉于云南大学翠湖，结束了这不可理解的人生。

张若名和纪德的交往是一种遥隔千载、相距万里的异文化之间的交流。纪德所以感到张若名对他的论述如此新颖脱俗，"确信自己从来没有被别人这样透彻地理解过"，肯定与两种不同文化的交往有关。我们的确没有资料说明张若名读过多少中国古书，她也从不引经据典，但中国文化精神无疑植根于她的血脉之中，犹如植根在无数中国普通老百姓的血脉之中。上面引述的纪德最欣赏于张若名的三点：如强调自省，认为"一切都是在内心的自省中完成"；强调美好的形式，使强烈的感情保持高度的平衡；强调对立因素的共存，坚信"克己"可以促成新的发展。显然，这些都与中国文化的思维方式息息相关，而与法国文化的底蕴不完全相同。

张若名与纪德，他们之间真诚的彼此欣赏，亲密的情感交流，相互的深切理解，思维的息息相通以及坦率的语言表达，虽从未谋面，却成就了异国心灵沟通的一对卓越的典范，非常值得我们进一步研究和开发。

十里洋场邵洵美

——中国的世纪末颓废

颓废 (Decadence)，拉丁文原意为"衰谢"（falling away）即一种价值的衰落或在某种极盛期之后的文学的衰退 (a decay of value, or decline in literary excellence after a period of major accomplishment)。Decadence 中文译为"颓废"二字，增添了原文所无的负面意义。"颓"，中文意谓倒塌、衰败；"废"意谓废弃、无用。"颓废"二字连用，见于《后汉书·翟酺传》："顷者颓废"，意思是倒塌、荒废，比原文 Decadence 包含了更多的贬义，因此，"颓废"在现代中国多指意志消沉，萎靡不振，原来 Decadence 在西方所指的不满现实、背弃道德成规，追求唯美艺术，重视感官刺激等涵义反而在一定程度上被淡化了。加以上海文人按照 Decadence 的法文读法，将 Decadence 音译为上海话，成了"颓加荡"，颓废主义就更加为人所不齿了。但是，从 20 世纪 20 年代末叶到 30 年代初期，原本意义的颓废主义在中国文学史上也曾有过昙花一现的热闹时期，只是由于中国社会太强的救国救民的"主旋律"，这些边缘的、迷醉于声色的"细微末节"不免被湮灭，似乎世界性的"世纪末—唯美主义—颓废主义"思潮在中国全无回响，其实，事实并非如此。

早在 1909 年出版的鲁迅和周作人翻译的《域外小说集》中就有唯美主义作家王尔德（Oscar Wilde）的作品。1915 年，他的 An Ideal Husband（《意中人》）和 The Tragedy of Florence（《弗罗连斯》）连载于《青年杂志》第一卷和第二卷；1920 年 Salome（《沙乐美》）连载于《民国日报》副刊（译作《萨洛姆》）；1921 年他的著名喜剧 Importance of Being Earnest(《同名异娶》）由泰东书局出版；1921 年 5 月，《小说月报》开始连载他的 A Woman of No Importance（《一个不重要的妇人》）；1922 年《创造季刊》创刊号发表了郁达夫为他的 The Picture of Dorian Gray（《杜莲格来的画像》）写的序言《淮尔特著杜莲格来序文》，接着《小说月报》也发表了述评。就在这一年，王尔德的散文诗、散文、文论和有关他的介绍遍及各种报纸杂志，最后，由商务印书馆出版了他的散文集《狱中记》（De Profundis）（1922 年 12 月），形成了一个介绍唯美主义—颓废主义和王尔德的热潮。1923 年，Lady Windermere's Fan（最早于 1920 年被译作《扇》，连载于《民铎》杂志[①]），由洪深改编，载于《东方杂志》[②]后以"少奶奶的扇子"冠名演出后颇得好评。朱光潜甚至认为比原作在英国的演出更为成功。[③]

除王尔德外，许多唯美主义颓废派的作家作品也在这一时期被介绍到中国，特别是上海。1923 年 9 月，《创造周报》连续发表了郁达夫的长文《The Yellow Book 及其他》，介绍了唯美颓废派的核心刊物《黄面志》和这一群体的灵魂人物：画家比亚兹莱（Aubrey Beardsley）、作家道生（Ernest Dowson）和约翰·戴维森（John Davidson）等。就在这几年，其他唯美主义颓废作家如爱伦·坡（Edgar Allan Poe）、西蒙斯（Arthur Symons）、邓南遮（D'Annunzio，徐志摩译为丹农雪乌），以及日本的颓废作家永井荷风、谷崎润一郎都曾被介绍到中国而且产生了某些影响。

然而，1917 年至 1924 年的中国知识界终究是理想主义和浪漫激情占上风，即使是高举"为艺术而艺术"大旗，介绍唯美颓废派最得力的创造社也是把唯美颓废派理想化了，正

[①]《民铎》第一卷第四号。

[②]《东方杂志》第二十一卷第二至五号。

[③] 孟实：《旅英杂谈》载《一般》杂志第一卷第二号。

如朱自清所说,他们的强调"灵肉冲突""要求自我解放"都是"依然在严肃地正视着人生","并在反封建的工作之下"的。①连最具颓废色彩的郁达夫,一旦被一些人,包括茅盾指名为"狄卡丹"(Decadant)时②,就有创造社同人出来为他辩护,如郭沫若引李初梨的话说"达夫是模拟的颓唐派"③,郑伯奇说"达夫是假颓废派"④等等。可见当时的社会和知识界都是把颓废派看成一个恶名。

直到1927年,大革命失败,这种情形才有了根本的改变。当时,屠杀遍及全国,曾经是革命策源地,并掀起过多次革命高潮的国际大都市上海立即陷入一片混乱。悲观失望、拼命主义、意志分裂、虚无颓废笼罩着整个上海知识界。在这样的情势下,先后出现了以唯美、声色、颓废相号召的文人小团体"绿社""幻社"和《狮吼》《声色》等杂志,但他们的影响还不很大,直到邵洵美建立了金屋书店,并于1929年创办了《金屋月刊》(兼出版社)之后,情况才即刻大为改观。1927年前,唯美颓废派的著作不过出版了

---

① 朱自清:《论严肃》,《朱自清全集》第3卷,第140页。

② 沈雁冰(笔名损):《〈创造〉给我的印象》,见《文学旬刊》第37~39期。

③ 郭沫若:《论郁达夫》,见《创造社资料》,饶鸿竞等编,福建人民出版社,1985年,第803页。

④ 郑伯奇:《忆创造社》,同上,第859页。

六七本，1928 年至 1930 年间，以金屋书店和《金屋月刊》为核心，旗帜鲜明地、迅速聚集了中国的第一批唯美颓废派群体，仅仅这两年内，他们就出版了著译三十四种以上。

　　邵洵美（1898~1973），笔名邵浩文、邵浩平、绍文、郭明。他的祖父是清朝外交官邵友濂，他的母亲是大官商盛宣怀的女儿，他本人又娶盛宣怀的孙女为妻，继承着两家极其丰厚的财富。邵洵美 1924 年赴英国剑桥大学学画，1925 年转赴法国求学。同年，他曾与徐悲鸿、张道藩、蒋碧薇等人在巴黎组织"天狗会"（取天狗食月之意）。1926 年回上海，1927 年出版第一本诗集《天堂与五月》（光华书局），并于同年 5 月接办了《狮吼》月刊。1928 年，邵洵美创办金屋书店，他的代表作诗集《花一般的罪恶》和文艺论文集《火与肉》、译诗集《一朵朵的玫瑰》同时在金屋书店出版。1929 年 1 月创办《金屋月刊》，1930 年 9 月停刊。1930 年开办时代图书公司，1932 年创办《论语》半月刊，由林语堂主编，邵洵美和郁达夫也曾担任过这一职务，直到 1949 年才停刊。邵洵美还编译过《琵亚词侣诗画集》（1929）、翻译过乔治·摩尔的《我的死了的生活的回忆》（1929）。后来又出版过《诗二十五首》（时代图书公司，1936）。

邵洵美受到英、法世纪末象征主义、唯美派和颓废派很深的影响。他说，他从希腊的莎弗 (Sapho) 发现了他所崇拜的史文朋 (Swinburne)，"从史文朋认识了先拉菲尔派 (Pre-Raphaelite) 的一群，又从他们那里接触到波德莱尔、凡尔伦"。[①]在英国时，邵洵美与英国提倡唯美、"纯诗"的《黄面志》诸作家，特别是乔治·摩尔（George Moore）颇有交往。他曾在《狮吼》上发表《纯粹的诗》一文，辨析摩尔的纯诗与法国象征主义纯诗的区别。在《诗二十五首·自序》中他总结了自己对诗歌的看法，并试图从一个中国人的眼光，以"形式的完美"为中心将西方唯美、颓废的各种思潮加以整合。这种想法在邵洵美的文学活动中是一以贯之的。《狮吼》第二期被命名为"罗瑟蒂 (D.G.Rossetti) 专号"，介绍了先拉菲尔派的主要人物罗瑟蒂，邵洵美为这一专号写了《〈胚胎〉与罗瑟蒂》一文（《胚胎》系先拉菲尔派刊物，亦译《萌芽》)，还译了罗瑟蒂的小说《手与灵魂》。在《狮吼》月刊上，邵洵美写过多篇讨论史文朋的文章；在《金屋月刊》的金屋邮箱中，邵洵美多次介绍了帕尔纳斯 Parnasse（高蹈派），并曾在《今日》创刊号上写了《高蹈派的诗与批评》

---

① 《诗二十五首·自序》，时代图书公司1936年版，第6页。

一文详细介绍了他们的主张。

　　以邵洵美为代表的颓废派的主要思想是要逃脱黑暗诈伪的社会，在短暂的人生，为自己寻找或创造一种足以令人陶醉的、充满刺激的世界。这世界是以身体的享乐、"不受拘束的自然"为本体的，因此，首先必须把人们从旧有的束缚人的道德中"救出来，解放出来"，做一个"不屈志、不屈心的大逆之人"，在爱和美中得以享受短暂的人生。他的最著名的诗篇《颓加荡的爱 (Love of Decadence)》也许最能说明他的这种思想，他写道：

> 睡在天床上的白云，
>
> 伴着他的并不是他的恋人，
>
> 许是快乐的怂恿吧，
>
> 他们竟也拥抱了紧紧亲吻。
>
> 啊，和这一朵交合了，
>
> 又去和那一朵缠绵地厮混；
>
> 在这音韵的色彩里，
>
> 便如此消灭了他的灵魂。

他以情欲的眼光观照世界的一切，如法朗士所说："一切事物都表现着爱的形式。自然万物，从禽兽以至草木，都对我表示着肉的拥抱……"另外，唯美派或患着世纪末病的诗人多半是"死"的赞美者，但邵洵美却特别强调"生的执着"和"不死的快乐"。这快乐主要是指"身体"的快乐，"肉欲"的快乐，他的作品除接受西方唯美颓废主义追求官能快感，宣泄世纪末人生苦闷的影响外，还明显地透露出中国长久以来的艳体诗和《金瓶梅》等声色小说的色彩。

邵洵美是十分追求形式之美的。他在《纯粹的诗》①一文中，讨论乔治·摩尔的纯诗学和法国象征派诗人马拉梅等人的诗。他认为"只有能与诗的本身的'品性'谐和的方式才是完美的形式"，因此，他认为首先应从胡适那样的"只注重形式"的形式中解脱出来，不是只讲究文言或白话，而要寻求一种内在的、与内容不可分的"肌质"的形式之美。他还强调写诗根本不可能明白如话，他说："一首诗，到了真正明显的时候，它便走进了散文的领域。"②伟大的诗都会是一种伟大的象征，充满了各种暗示和隐喻，因此多少是曲折朦胧的。

① 《狮吼》半月刊复活号第四期。
② 《诗二十五首·自序》。

邵洵美的创作相当充分地贯彻着他的文学主张。他的《贼窟与圣庙之间的信徒》一文，通过对法国纯诗派诗人凡尔伦（Paul Verlain）的赞美进一步系统地阐明了他的文学主张，并身体力行地加以实践，以至徐志摩曾称他为"一百分的凡尔伦"；他的著名诗集《花一般的罪恶》明显地追随凡尔伦的诗作和波德莱尔的《恶之花》。邵洵美所有的诗作几乎都贯穿着同一个主题，那就是唯美、唯我，感官欲望和本能的宣泄。正如他自己所说："人生不过是极短时间的寄旅，来也匆匆，去也匆匆，决不使你有一秒钟的逗留，那么，眼前的快乐自当尽量去享受。与其做一支蜡烛焚毁了自己的身体给人家利用；不如做一朵白云幻出十百千万不同的神秘的象征，虽然会散化消灭，但至少比蜡烛的生命要有意义得多。"[1]

在形式方面，邵洵美追求自由、节奏、韵律和风格的华美。可举他的代表作《花一般的罪恶·序曲》为例：

我也知道了，天地间什么都有个结束，

最后，树叶的欠伸也破了林中的寂寞。

---

[1] 《贼窟与圣庙之间的信徒》，见《火与肉》，1928年，金屋书店，第59页。

原是和死一同睡着的，但这须臾的醒，

莫非是色的诱惑，声的怂恿，动的罪恶？

这些摧残的命运，污浊的堕落的灵魂，

像是遗弃的尸骸乱铺在凄凉的地心；

将来溺沉在海洋里给鱼虫去咀嚼吧，

啊，不如当柴炭去燃烧那冰冷的人生。①

他的长诗《洵美的梦》也充分表现了他在这方面的追求。著名诗人陈梦家说"邵洵美的诗，是柔美的、迷人的春三、二月的天气，艳丽如一个应该赞美的艳丽的女人……"，《洵美的梦》对于女人的赞美，正如"一块翡翠，真能说出话，赞美另一块翡翠"。

总之，邵洵美和以他为核心的世纪末唯美颓废派群体在中国文坛上荧光一现，20世纪30年代中期，抗日战争爆发，"美与爱的赞颂"也好，感官享乐也好，全都失去土壤，烟消云散。邵洵美和他的同伴们与他们的外国前辈不同，没有

---

① 《花一般的罪恶·序曲》，金屋书店，1928。

像波德莱尔、凡尔伦、道生、摩尔那样留下一批足以反映一
个时代的不朽之作，但他们终究是历史的见证，他们的作品
为国际大都会、十里洋场的上海留下了一幅世纪末的鲜明画
像，证明了世界性的世纪末颓废思潮也曾在这里驻留，为我
们今天所在的这个世纪提供了一个有趣的参照。

　　至于这个曾经在上海文坛搅起一阵波澜的洋场阔少，
有"美男子"之誉的邵洵美后来如何结局呢？1949年后，
他曾在上海的四川中路开过一家时代书局，出版了不少宣传
马克思主义的早期著作，但多半是官方不出版的第二国际人
物——如考茨基之流——的作品，不久就受到《人民日报》
的严厉批评，书店也垮台了。1958年继续"肃反"时，他被
作为"深挖细找"挖出来的"特务"关进了监狱，原因之一
就是他曾参加了"大特务"张道藩的"特务组织"，也就是
前面谈到的那个在巴黎昙花一现、张扬世纪末颓废的"天狗
会"；另一个原因则是由于一次风流韵事。20世纪30年代，
当邵洵美的事业正如日中天之时，一个美国女作家名项美丽
（Emily Hahn）的，曾经与邵洵美有过一段情缘，后来对这
件事，邵洵美很少提及，但项美丽却不断抛出《我的中国丈
夫》《中国与我》等"自传体小说"，对此事大加渲染。1957

年，邵洵美忽然想起这位旧情人，写了一封信，辗转请她帮助一位友人前去香港。此信不幸被海关查获，成为他的"铁杆"罪证。

曾因胡风一案牵连入狱的贾植芳先生曾与邵洵美同监，据贾先生的回忆，在难熬的饥饿中，邵洵美最常想起的就是当年他在上海国际饭店开设上海最大的西餐馆"一品香"时，生肖属虎的他每年生日都要在那里定做一尊和真老虎一般大的蛋糕老虎，大宴宾客。在狱中，他患有严重的哮喘病，但"他生性好动，每逢用破布拖监房的地板，他都自告奋勇地抢着去干。他一边喘粗气，一边弯腰躬背，四肢着地地拖地板，老犯人又戏称他为'老拖拉机'。"①当他感到出狱绝望时，曾嘱托贾先生一定要为他写文章说明两件事：一件是 1933 年萧伯纳来上海访问，他作为世界笔会的中国秘书，负责接待，并自己出钱宴请，大小报纸的新闻报道却提也不提他的名字，这不公平；第二件是他的文章实实在在是他自己写的，鲁迅却说他是花钱雇人代写，实在是天大的冤枉。

1962 年，复旦大学的周煦良教授到北京开会，周扬问起邵洵美，得知他还在监狱服刑时说："何必如此。如果没有

① 贾植芳：《狱里狱外》，上海远东出版社，1995，第184页。

严重问题，还是让他出来吧。"周煦良回上海后，向当时的上海宣传部部长石西民传达了周扬的口谕，邵洵美才得释放归家。[1]贾先生不知道邵洵美何时出狱，只知道他出狱后日子非常艰难，夫妇挤在一间小房里，"连睡觉的床也卖了，睡在地板上"。

1968年，中国最后一位颓废派唯美诗人邵洵美在贫病交加中离开了人世。

---

[1] 赵毅衡：《邵洵美：中国最后一个唯美主义者》，转引自《百象图摘》1999年第二期，第7页。

不同文化中关于月亮的传说和欣赏

　　世界各地都有说不尽的关于月亮的诗文和民间传说。月亮永远是人类欢欣时分享快乐的伴侣，也是忧愁时诉说痛苦的对象。但是，不同文化却对月亮有不同的描述，他们对月亮的欣赏角度和欣赏方式也往往是各不相同的。

　　在中国文化中，月亮首先是超越时间和空间的孤独的象征。千百年前，一个美丽的少女，吃了长生不死的灵药，她感到身轻如羽毛，一直飞升到月亮之中。在那里，她永远美丽年轻，陪伴她的只有玉兔和吴刚。玉兔永远重复着捣药的动作，年轻力壮的吴刚则被罚砍树，砍断了又重新长上，年复一年，永无休止。总之，时间消逝了，不再有发展，空间也固定了，不再有变化。然而这个名叫嫦娥的少女却并不快乐，她非常寂寞正如一首诗中所写的："嫦娥应悔偷灵药，碧海青天夜夜心"。

　　在中国诗歌中，月亮总是被作为永恒和孤独的象征，而与人世的烦扰和生命的短暂相映照。李白最著名的一首《把酒问月》诗是这样写的：

> 白兔捣药秋复春，嫦娥孤栖与谁邻？
>
> 今人不见古时月，今月曾经照古人。
>
> 古人今人若流水，共看明月皆如此！
>
> 唯愿当歌对酒时，月光长照金樽里。

今天的人不可能看到古时的月亮，相对于宇宙来说，人生只是一个微不足道的瞬间，然而月亮却因它的永恒，可以照耀过去的、现在的和未来的人们。千百年来，人类对于这一"人生短暂和宇宙永恒"的矛盾完全无能为力。但是，我们读李白的诗时，会想起在不同时间和我们共存于同一个月亮之下的李白，正如李白写诗时会想起也曾和他一样赏月的、在他之前的古人。正是这种无法解除的、共同的苦恼和无奈，通过月亮这一永恒的中介，将"前不见"的"古人"和"后不见"的"来者"联结在一起，使他们产生了超越时间的沟通和共鸣，达到了某种意义上的永恒。李白终其一生总是把他对永恒的追求和月亮联系在一起。他的另一首诗《月下独酌》写道："花间一壶酒，独酌无相亲。举杯邀明月，对影成三人。"在深夜绝对的孤独中，他只有永恒的月亮和自己的影子做伴。虽然三者之间也曾有过快乐的交会，但那只是短暂的瞬间："我歌月徘徊，我舞影零乱。醒时同交欢，醉后各分散。"李白所向往的是永远超越人间之情，和他所钟爱的月亮相会于遥远的星空银河之上，即这首诗的结尾所说："永结无情游，相期邈云汉。"传说李白死于"江中捞月"。他于醉中跃进江里，想要拥抱明月，他为明月献出生命，也就回归于永恒。

日本文学也有大量关于月亮的描写，但日本人好像很少把月亮看作超越和永恒的象征，相反，他们往往倾向于把月亮看作和自己一样的、亲密的伴侣，有时甚至把月亮置于自己的保护之下，而对它充满爱怜。例如13世纪的道元禅师（1200~1253）曾经写道："冬月拨云相伴随，更怜风雪浸月身。"有"月亮诗人"之美称的明惠上人（1173~1232）写了许多有关月亮的诗，特别是那首带有一个长序的和歌《冬月相伴随》最能说明这一点。《序》是这样写的：

元仁元年（1224）十二月十二日晚，天阴月暗，我进花宫殿坐禅，乃至夜半，禅毕，我自峰房回到下房，月亮从云缝间露出，月光洒满雪地。山谷里传来阵阵狼嗥，但因有月亮陪伴，我丝毫不觉害怕。我进下房，后复出，月亮又躲进云中，等到听见夜半钟声，重登峰房时，月亮又拨云而出，送我上路。当我来到峰顶，步入禅堂时，月亮又躲入云中，似要隐藏到对面山峰后，莫非月亮有意暗中与我作伴？步入峰顶禅堂时，但见月儿斜隐山头。

这时，他写了两句诗："山头月落我随前，夜夜愿陪尔共眠。"

接着，他又写道：

禅毕偶尔睁眼，但见残月余辉映入窗前。我在暗处观赏，心境清澈，仿佛与月光浑然相融。

最后，他写出了最为脍炙人口的两句诗："心境无翳光灿灿，明月疑我是蟾光。"

日本著名作家川端康成在他的诺贝尔文学奖获奖演说中，引录了这首诗，并分析说："这首诗是坦率、纯真、忠实地向月亮倾吐衷肠的 31 个字韵，与其说他是所谓'与月为伴'，莫如说他是'与月相亲'，亲密到把看月的我变为月，被我看的月变为我，而没入大自然之中，同大自然融为一体。所以残月才会把黎明前坐在昏暗的禅堂里思索参禅的我那种'清澈心境'的光误认为是月亮本身的光了。"川端康成还指出，这首和歌是明惠进入山上的禅堂，思索着宗教、哲学的心和月亮之间，微妙地相互呼应、交织一起而吟咏出来的，它是"对大自然，也是对人间的一种温暖、深邃、体贴入微的歌颂，是对日本人亲切慈祥的内心的赞美"。

明惠的诗和川端康成的分析为我们提供了另一种与李白的诗完全不同的观赏月亮的视角和意境。

希腊神话中的月神塞勒涅 (Selene) 也是一位美丽的女神。她身长翅膀，头戴金冠，每天乘着由一对白马牵引的闪闪发光的月车，在天空奔驰，最后，隐没在俄刻阿诺斯 (Aceanus) 河里。在希腊女诗人萨福的笔下，塞勒涅是一个美丽的少女，手执火炬，身后伴随着群星。月神爱上了美少年恩底弥翁 (Endymion)，恩底弥翁是一个生命短暂的凡人，因为塞勒涅爱他，神就使他青春永驻，但他必须长睡不醒。月神每天乘车从天空经过，来到她的情人熟睡的山洞，和这个甜睡中的美少年接吻一次。神话中说，正是由于这种无望的爱情，月神的面容才显得如此苍白。在这个神话中，美少年恩底弥翁得到了永恒，他付出的代价是无知无觉，和嫦娥一样远离人世。人类总想摆脱时间，追求永恒，其结果往往是悲剧性的；即使他们成功了，他们得到的永恒也不是幸福，而是成为异类，永远孤独。塞勒涅和嫦娥的故事都说明了这一点。

希腊月神和希腊神话中的其他神一样，都是有爱、有恨，有嫉妒、有仇恨，精神上过着类似于凡人的世俗生活。西方诗歌关于月亮的描写往往也赋有更多人间气息。下面是法国诗人波德莱尔的一首《月之愁》：

> 今晚，月亮做梦有更多的懒意；
> 像美女躺在许多垫子的上面，
> ……
> 她向着地球让一串串眼泪悄悄地流呀流，
> 一位虔诚的诗人，睡眠的仇敌，
> 把这苍白的泪水捧在手掌上，
> 好像乳白石的碎片虹光闪亮，
> 放进他那太阳看不见的心里。
>
> ——《恶之花·忧郁和理想》

这样来描写月亮，在东方人看来，多少有一点儿亵渎。波德莱尔的月亮不像李白的月亮那样富于玄学意味，也不像明惠禅师的月亮那样，人与自然浑然合为一体。在波德莱尔笔下，月亮是一个独立的客体，它将苍白的泪水一串串流向大地，流到诗人的心里；在月下想象和沉思的诗人也是一个独立的主体。在另一首诗《月的恩惠》中，诗人幻想着月亮来到了自己的身边：

> 月亮轻步走下了云梯，
>
> 毫无声息地穿过窗门的玻璃；
>
> 于是她带着母亲的柔软的温和，
>
> 俯伏在你上面，
>
> 将她的颜色留在你的脸上。

在这首诗中，月亮是独立的客体，又是诗中行动的主体，人和自然的关系无论多么亲密，始终是独立的二元。这也许正说明了东方天人合一的思维方式与西方传统的二元对立的思维方式的不同。

总之，三位不同时代、不同文化的诗人用不同的方式，欣赏和描写月亮，却同样给予我们美好的艺术享受。如果我们只能用一种方式欣赏月亮，岂不是我们的重大损失？无论排除哪一种方式，都不能使我们对欣赏月亮的艺术情趣得到圆满的拥有。我想用不同文化的人们对于月亮的欣赏作为例子来说明不同文化可以通过一种"中介"达到互相理解和认识。诗和传说中的月亮就是这样一种"中介"，它可以使不同文化的人们欣赏并拥有另一种文化，而得到在本民族文化中不能得到的艺术享受。

作为《红楼梦》叙述契机的石头

石头是水的对立面，是坚贞不屈的象征，所谓"以水投石，莫之受也，以石投水，莫之逆也"。中国历史文献关于石头的记载很多：《晋书·武帝本纪》载："大柳谷有圆石一所，白昼成文"；《十国春秋·吴高祖世家天祐八年》载：有巨石"长七尺，围三丈余，七日内渐缩小，后只七寸"。《红楼梦》的想象显然都和这些记载有关。但石头的变异往往不是吉兆，它往往象征天下大乱，亲人离叛，特别象征"绝嗣"和后继无人。如《观象玩占》指出："石忽自起立，庶士为天下雄"；"石生如人形，奸臣执政，一曰君无嗣"；"石化为人形，男绝嗣"。另外，古人相信石的本体是土，云的根苗是石，如《物理论》认为："土精为石。石，气之核也。气之生石，犹人经络之生爪牙也。"《天中记》则说："诗人多以云根为石，以云触石而生也。"《红楼梦》中，贾宝玉与林黛玉的"木石前盟"，贾宝玉与薛宝钗的"金玉良缘"，贾宝玉与史湘云的"云石关系"等都说明石头在《红楼梦》中有非常复杂的象征意义。

事实上，脂评本系统的 12 种版本中就有八种被命名为《石头记》，这正说明石头在《红楼梦》中的重要地位。那么，《红楼梦》中的顽石故事与主体故事之间的关系，以及石头在叙述中所起的作用又是怎样的呢？

《红楼梦》中有一个描写现实世界的主体故事，还有一个从幻想世界引入现实世界的顽石故事。《红楼梦》从顽石故事开头：大荒山青埂峰下，有一块女娲炼就的巨石，无才补天，所以幻形入世。从脂评中可以看到原书的结局应是："青埂峰下重证前缘，警幻仙姑揭情榜。通部情案，皆必从石兄挂号，然各有各稿，穿插神妙。"可见《红楼梦》以石头开始，又是以石头的"返本还原，归山出世"而告终结。

那么，这个顽石故事和主体故事是怎样联系起来的呢？联系的方式有二：在脂评本中，石头变成了"通灵宝玉"，在神瑛侍者入世时，夹带于中，来到世上。甲戌本 84 页，宝钗看宝玉的玉时，作者写道："这就是大荒山青埂峰下那块顽石的幻象"。顽石幻化为"通灵宝玉"最后又幻化为顽石。在这种连接中，石头本身并不是主人公，不是"剧中人"，而是主体故事中所描写的悲剧和喜剧的旁观者和见证。

在程刻本中，情形就不同了：顽石到赤霞宫游玩，变成了神瑛侍者，又入世变为贾宝玉，蠢物变灵物，灵物又变人。顽石不是旁观者而是当事人。顽石的经历就是贾宝玉的经历。

看来第一种连接方式更接近作者原意。首先，顽石故事贯穿全局，并不只存在于开头和结尾；第二，正如脂评所说："通部情案，皆必从石兄挂号。"有些与贾宝玉自身无关的情节如二尤故事、鸳鸯抗婚等，作者总尽量让佩戴着"顽石幻象"的贾宝玉在场；第三，从脂评判断，原书后半部多写南方甄府之事（甲戌本第二回脂评："甄家之宝玉，乃上半部不写者，故此处极力表明，以遥照贾家之宝玉"。又庚辰本第71回脂评："好！一提甄事，盖真事欲显，假事将尽"）。而这块通灵宝玉先是被窃（甲戌本第8回脂评："塞玉一段又为'误窃'一回伏线"），后来被凤姐拾得（庚辰本第23回脂评："妙！这便是凤姐扫雪拾玉之处"），最后又由甄宝玉送回（庚辰本第17回脂评：《邯郸梦》中伏甄宝玉送玉"）。正是这块通灵宝玉目睹了南北两地甄、贾二府的生活，成为"真事欲显，假事将尽"的情节转折的关键。

顽石故事与主体故事，现实世界与幻想世界的交错联结使《红楼梦》的叙述方式显得十分复杂。这里有一个持全知观点的叙述者，他全知前因后果、过去未来，通晓青埂峰、赤霞宫、太虚幻境的神话世界，也了解甄府、贾府的来龙去脉。除他之外，还有一个更直接的叙述者，那就是"蠢物顽石"。他有时用作者参与的观点，直接出面，用第一人称来叙述，例如庚辰本 17—18 回："说不尽这太平气象，富贵风流，此时自己回想当初在大荒山中，青埂峰下，那等凄凉寂寞，若不亏癞僧、跛道二人携来到此，又安能得见此世面？本欲作一篇《灯月赋》、《省亲颂》，以志今日之事……"（脂评：自"此时"以下，皆石头之语，真是千奇百怪之文）。"蠢物顽石"有时又用作者观察的观点，来记载自己的所见所闻。如甲戌本第六回："诸公若嫌琐碎粗鄙呢，则快掷下此书，另觅好书去醒目；若谓聊可破闷时，待蠢物（脂评：妙谦，是石头口角）逐细言来。"这个叙述者（石头）既不是故事主人公，如许多用第一人称叙述的小说；又不完全在故事之外，如许多用第三人称写的小说，它紧紧依附于主人公（贾宝玉和甄宝玉），是他们的象征和化身，用他们的思想观点来观察一切，并使他们和他们自己并不了解的前生与来世联结起来。

这种很特殊的叙述的复杂性使《红楼梦》的结构有如一个多面体，由于不同层面的光线的折射，人们对作品的主题也就有了不同的理解。多年来，关于《红楼梦》的主题，有人说是写清朝政治，有人说是写色空观念，有人说是写作者自传、爱情悲剧、"四大家族"、阶级斗争……这些说法见仁见智，都有一定道理，但都不全面。如果从顽石故事与主题故事的联结来考察，就可以看到顽石不甘于荒山寂寞，羡慕丰富多彩的人间，于是幻形入世，享尽尘世的富贵荣华，也历尽了凡人的离合悲欢，终于感到大荒山青埂峰下，虽然凄凉寂寞，但却自由自在。无牵无挂，并无烦恼；人世间虽有许多赏心乐事，但瞬息万变，苦随乐生。顽石枉入红尘，不如还是归去。顽石的入世和出世正表现了作者对人生的一种看法和感受，而主体故事所展现的种种悲剧则反映了整个社会对渴望自由和幸福的无辜人们的残酷压迫及其本身无可挽回的衰亡与没落。从这个主题出发，反观《红楼梦》的结构，就可以发现正是石头联结着出世的幻象世界和入世的现实世界，而成为整个情节发展的契机。

曹雪芹一生对石头情有独钟，他的《题自画石》一诗，隐约透露了他以石头为契机，构思《红楼梦》的消息。这首诗是这样写的：

> 爱此一泉石，玲珑出自然。
>
> 溯源应太古，堕世又何年？
>
> 有志归完璞，无才去补天。
>
> 不求邀众赏，潇洒做神仙。